管見随想録　中巻

# 性格は変わる

高瀬こうちょう

櫂歌書房

管見随想録　**上巻**　八風吹けども動ぜず

# 目　次

管見随想録　**中巻**　性格は変わる？

# 目次

# 管見随想録　下巻　男はつらいよ

## 目次

# 性格は変わる？

一般に性格は一生変わらないと思っている人が多いのではないだろうか。性格とは何だろう。広辞苑によると「各個人に特有の、ある程度持続的な、感情・意志の面での傾向や性質」である。

性格というものは先天性と後天性が半々といわれ遺伝子情報でも五十二対四十八とこれを検証している。従って、本人の努力と長い時間により生来の性格が変わることは可能であることを示している。地道な努力により少しづつ変わっていくと考える。性格は遺伝子が持っている根源的なものであるがその人の思想や行動によって影響を受けて少しづつ変わると思う。

人間の内面即ち性格は顔に表れるので例えば若い頃の軽薄な顔が年をとり重厚な顔にな

るということは性格が重厚になったということである。又、粗野な顔が知的な顔になったということは性格が知的になったということである。

短気な人が気長な人になることは無いが短気度が薄れて普通の人に近かずくことはありうると思う。性格は変わらないと思いこんでいる人は、自分のことはよく分らないので自分は短気者と思い込んでいることもある。私は短気でその他の欠点もあり、気にはしており、若い時から少しは努力もしたが、あまり効果は無かったと思っていたが少しは短気が軽くなったようにも思う。

江戸時代の儒学者で政治、経済学者の荻生徂徠は幕府の顧問になり、人材について、次のように述べている。

一、人の長所を始めより知らんと求むべからず。人を用いて始めて長所の現わるるものなり。

二、人はその長所のみ取らば即ち可なり。短所を知るを要せず。

三、己が好みに合う者のみを用うるなかれ。

四、小過を咎むる要なし。ただ事を大切になさば可なり。
五、用うる上はその事を十分に委ぬべし。
六、上にある者は下の者と才知を争うべからず。
七、人材は必ず一癖あるものなり。器材なるが故なり。癖を捨てるべからず。
八、かくして良く用うれは事に適し時に応ずるほどの人物は必ずこれあり。
荻生徂徠も癖即ち性格は簡単には治らないと考えていてこれを気にするなと言っているようだ。

性格の基本部分はあまり変わらないと思うが、人の思想は無限に変わるものである。思想といっても政治についてばかりではない。性悪説、人権軽視、家族主義、利己主義等々多種多様であり人間が考えること全てといってよい。

自分の性格が個性的であったり欠点があったりして悩んでいる人もあるだろうが、人の思想とこれに基ずく行動が永年継続することにより生来の根源的性格例えば短気とか孤独的とか利己的は少しづつ変化していくと考えるので希望をもって目指す方向に努力したらよい。それに徂徠先生も言っているではないか、人材は必ず一癖あるものなり癖を捨てるべからずと。芸能人をみても個性的な人のほうが魅力的であり人気も高い。但し品格が低くては話しにならない。

人の評価は性格、思想、行動を混然一体にして評価するので発心（ほっしん）、座禅、改心、読書などして心や思想を高めて行動で実践すれば性格の欠点も徐徐に補正されるし思想や行動のほうが目立つようになり性格の比重がへり人格全体の印象から薄れてくるだろう。一挙両得の効果が出る。

第一代の総理大臣は伊藤博文であるがこれに続く第二代総理大臣の黒田清隆は短気と猛烈な酒癖の悪さで有名であるが、枢密院議長で伯爵にも叙せられてもいる。こんな例は明治維新の前後にはいくつもあるだろうが、人間が小粒になった現代では思想、行動、実績を高めるとともに大きな欠点は修正するよう努力が必要である。

人は年とともに心も思想も行動も変わっていく。犯罪を犯して刑務所の中で勉強して、無知の涙という本を書いた人、人を殺して改心し償いのため三十年余も掛かって岩山をくり抜き青の洞門と呼ばれるトンネルを造って通行人の便宜に供した僧禅海、逆に信仰心が段々に強くなり遂に妙好人と言われるようになった人、若いころは利己的で自己中心主義だったのが、物の本を読み改心して利他的になった人、自分の目の周りのことよりも日本のこと世界のことに関心が強く政党に属したり民間の政治団体に属して民族主義的行動を取る人等々例を挙げたら限が無い。

要するに基本的性格は何らの努力も無ければもって産まれたままであまり変わらないが、心や思想は幾らでも変わることができる。禅宗の臨済宗の開祖栄西（ようさい）は「心は天の上に出ず」即ち、心は天の上まで昇ることが出来ると言っている。結局、人格形成には生来の性格よりもその人の心や思想の方が重要であるという結論になる。これを怠っては個性あり魅力ある人材は生じない。

老人でも人柄が良くても目の周りのことにしか関心がない人は単なる好好爺に過ぎない。

## 貸しと借り

ヤクザ映画で「今日のことは借りとくぜ」という台詞(せりふ)がある。後日必ずこの恩は返すよと言う意味だ。一般社会では他人から恩を受けて感謝はしていても恩返しをするという意識は薄いのではないかと思う。

私も壮年までは自分では自力本願型の人間と思っていたが、他人から借りてこれを返すという意識が薄かったので、実際は他力本願の人間だったのだ。先輩等から、借りは返せというような教訓話を聞いたことがないので、思い返してみると借りを返さなかったことが幾つもある。

親類や先輩や職場の人に大変世話になっていながらお返しをしていないものがある。本当に後悔されることだ。教師の恩というが、授業料を払ってありふれた授業を受けただけでは恩義を感ずることはない。対価よりはるかに多い恩恵を受けた場合は借りがあるので、いつかは返さないと、本物の人間にはなれない。

いつ返すかは急ぐ必要はない。貸した人や家族が他人の助けを必要としている時がその時であり、そういうチャンスが巡って来ない場合もある。しかし、心の中にはチャンスが来たら、直ちに返すという心構えを忘れないようにしておくことが大切だ。

貸しと借りについて江戸時代の庶民社会では記録が少ないので実態は良く分からないが、忠臣蔵にまつわる話がある。天野屋利兵衛という大阪の商人は赤穂藩が取り潰しになったとき、家老の大石内蔵助から吉良邸討ち入りを明かされ、そのために必要な揃いの衣類、武具、行灯（あんどん）立て等道具の調達を頼まれ、藩御用商人としての恩を返すためこれらを調達して引渡したが、これが露見し奉行所の厳しい取調べにも白状せず大石らの討ち入り成功後に自首したので家財没収の上追放になった。

天野屋は命を賭（と）して恩を返したので、時の人に天野屋利兵衛は男でござると称（たた）えられた。

戦国時代に北近江の大名浅(あざ)井長政は織田信長の妹お市と結婚して信長と同盟を結んだが、信長が越前の大名朝倉義景を攻めるとき浅井もこれに従軍していたが、突然浅井は信長を裏切り南側から信長を攻撃したので、信長軍は北と南から包囲されて窮地に陥ったことがあった。

浅井は信長と同盟を結ぶとき信長から朝倉とは争わないという誓約書をとって信長と同盟していたのであるが、信長がこれを破って朝倉を攻めたので浅井は信長を裏切ったのだ。浅井家は弱小の頃朝倉家に度々(たびたび)助けられたので浅井一族やその家臣はこの恩を忘れず借りを返すために信長と戦うことを決め、朝倉浅井連合軍は織田徳川連合軍と熾烈な戦いをやり遂に浅井が滅び次に朝倉が滅んだ。浅井一族は朝倉に恩義を返すために戦い滅亡した。

任侠の武将上杉謙信は敵国甲斐が塩不足で困っている時に塩を送ったのが美談とされたが、甲斐の武田信玄はお返しをしたという話は記憶にない。上杉謙信は近隣諸国の大名豪族からの救援の要請に応じて駆けつけて救援しているが、情勢が変わると直ぐ寝返って敵方に帰属する者が多く、お返しをする者は少なかった。

これに比べるとヤクザの世界は一宿一飯の恩義のために喧嘩に駆り出されることもあり貸し借りの関係が厳しい。そういう意味ではヤクザは任侠であり、戦国時代の武将は只の権力者である場合は少なく殆どは織田信長のように平気で嘘をつくし乱暴な無頼漢である。

幕末の頃、保下田久六(ほげたきゅう)は清水次郎長に若い時から何度も助けられて尾張、伊勢一円に縄張りを持つ大親分になりながら、次郎長が役人に追われて尾張の博徒に匿(かくま)われていたのを役人に売ってしまった。ただでさえ困窮している人がいたら助けるのが仁侠の道であるのに昔助けてくれた人の窮状を見て恩を仇で返すとは久六はヤクザの風上にもおけぬ奴と次郎長は私怨を越えてなにものにも優先するヤクザの掟を破った者は許せないと大親分の久六を殺し任侠道はかくの如しと世間に示して、東海道一の大親分に成った。ヤクザにも学ぶことはある。

動物が人間に恩返しをする話はあるが、大部分は善いことをすると功徳があるという教えであるが、珍しく実際に存在したらしい。それは鴉の子が巣から落ちて直射日光を浴びていたので、少女がこれを木陰に移してやったところ、親鴉が日ごろ集めていた鴉の宝物である光る白い小片を何回か少女の家に置いていったとのことをテレビで見た。信じ難い話だ。今流行のフェイクニュースかもしれない。

福岡城址と大濠公園の間に挟まれた超一等の住宅地である城内と言う町があるが、ここは七十数年前の大東亜戦争の終戦により外地から引き揚げてきた人達の住む家がないので、市が一時的にタダで貸して各人が家を建てたが、三十数年前に市から返還を迫られても、その恩を忘れ逆に立退き補償金を市に請求して未だに居座っている者がいる。

一句、忘恩の町に匂うや山桜

# 奇人

私は中年になったころ周囲の人々に飽きがきて素晴らしい人はいないものかと思った時期があった。ある者は見栄が強い俗物であったり、ある者は軽薄で考えもなく志もない凡人であったり総じて自分の損得のことばかり考えている者ばかりと私自身が凡俗で欲張りであることを棚に上げて失望していた。そこで奇人伝の本を十数冊ほどを読んだ。

それで奇人の話を記憶を辿(たど)ってまた読み直したりして述べてみたい。奇人とは奇人といえば世間に通る程人に知られた人である。常人に対して奇人というのだ。人は神仏の次元でみると理想的といわれる人も世俗の人間からみると変人や狂人に見え、世俗の世界で名を成し立派な人と言われても神仏の世界に持っていくと下らない存在になるものだ。奇人と変人はどの様に違うのか。或る人は奇人には薫りがあり変人にはそれがないという。

変人は奇行があり一見すると奇人との区別がつかないがつぶさに観察するとただの変人で常人以上に俗物がいる。奇人は希にしか存在しない。以下に奇人の例を挙げたい。

筑後の国の人で島原の禅林寺の住職をしていた僧桃水は往き方知れずになったので、帰依（きえ）していた尼が探し回ると京都の川原で病気の乞食の世話をしていた。尼は糸をつむぎ月日をかけて布団を作り桃水に差し入れしたが桃水は自分は着らず病気の乞食に着せたのでこれを見ていた他の乞食が尊敬したので、桃水はこれを嫌ってそこを立ち去った。

その後弟子の僧が乞食の中で桃水を発見し随行することを頼み付いていくと桃水は乞食の死体の処理をしてその乞食の食べ残しを食べるので弟子も食べると悪臭のため嘔吐した。そして、自分には出来ないと立ち去った。

角倉了意という豪商は桃水に供養をしたいと申し出たが断られたので角倉は一計を案じ自分の家では残飯が沢山でるので捨てるのは惜しいので和尚にあげるから酢を造って売ったらいかがと言うと和尚は捨てるものなら拾いましょうと言って酢を造って売って老後を過ごしたという。

駿河（静岡県）に八介という者がいた。幼少で父を失い十一歳の時に旅館主石垣某に奉公していたが旅館が火事になったが主人の貧窮を見捨てて他所にいくことができず昼夜を問わずひたすら働いた。或る時は樵（きこり）となりまた賃雇いの仕事をしてつらい労働をすすんでやった。八介はお伊勢参りの従者に雇われて日当と旅費とをもらったがこの金は主人に与えて自分は一銭も懐に入れなかった。昼は荷物を持ちながら食事はせず夜は旅館に頼んで残飯を食べ納戸に寝させてもらった。この主人への無償の奉公が町奉行の目にとまりついに将軍に上申され賞金として銭五十貫文（十二両二歩）を受けた。のちにある人はこのうち三十五貫文（八両三分）の銭を譲り受け銭を錦の袋に入れ家宝とした由である。彼の忠義は武士でもないただの商人にしては珍しい。以上は近世奇人伝によった。

次は室町時代中期の臨済宗の僧一休宗純（いっきゅうそうじゅん）である。頓知（とんち）話で子供に親しまれている一休である。この人は晩年は女犯（にょぼん）という僧侶の戒律を破っているし、前記したような模範的な奇人とはちがうが、興味深い奇人である。一休の母は日野中納言の娘で後小松天皇の寵愛を受け一休を産んだという説があるので天皇の落胤かもしれない。

一休の母は偉過ぎる人で一休への遺言に「釈迦、達磨をも奴（やつこ）となしたまう程の人になりたまひ候はば俗にても苦しからず候。方便のせつをのみ守る人はくそ虫と同じ事に候。」釈迦や達磨よりも偉い人になったら僧侶でなくても構わないが僧侶でありながら世間の常識に囚われる俗物になったら糞虫と同じ存在であると書き残している。一休の進路はここに示されている。

民を省みず享楽にあけくれる為政者（足利義満の金閣寺）や権威に追随する禅宗寺院に根は純粋な理想主義者で偽善を嫌う一休は偽悪（ぎあく）を装い反骨や風狂として、激しい世相風刺と宗教批判で俗物を教導した。

以下に思いつくままに一休伝説の断片的な逸話を拾ってみよう。

十七歳のとき師僧の前に蛇が現れたので師僧はこれを礼拝し手なずけたので、一休はこの蛇を石で殺した。殺生の禁を破った。常識的に見ると問題児である。又、二十七歳のとき師僧より与えられた悟りを開いた者に与える印可書を焼き捨てた。更に、貧乏で食物もないとき商人を棒で脅して強盗をした。但しこれは利息をつけて返済した。そして、貧しい者が強盗して何が悪いと空吹(うそぶ)いた。師僧が死亡した時の葬式には参列の僧侶は皆色とりどりの僧の式服を着ているのに一休は黒の墨衣(すみごろも)で参拝し皆の意表をついて風刺した。

そして臨済宗大徳寺派の大本山大徳寺の管長になったのにも係らず寺を留守にして方々をうろつき、天皇から下賜された僧侶の最高位の衣である紫衣(しえ)を乞食に与えた。この頃のことと思うが正月元旦に杖の頭に骸骨をかぶせて裕福な商人の家を訪問して怖がられた。そして、「元日や冥土の旅の一里塚」という俳句を造った。晩年には一休に心服している森某という盲女(めくら)を愛しお経より座禅よりこれが極楽じゃと空吹いている。狂雲集という詩集に書いてある。死に臨んでは死にとうないと言ったとさ。

次は、天才浮世絵画家葛飾北斎(かつしかほくさい)を書く。その絵の上手いことは言うに及ばないがその絵の着眼の奇抜なことは並みの絵描きの出来ることではない。正に奇人の絵である。北斎は江戸の末期に江戸の葛飾に幕府用達の鏡師の子に生まれた。

十八才で浮世絵師に入門したが内緒で狩野派流や洋画まで学んでいたのがばれて破門された。特定の流派に収まるような常人ではなかった。後、狩野融川に師事したが師の絵を批判し又破門された。貧乏が続き何でも金になるものは書いた。役者、美人、武者、相撲等など。絵を描く気違いであるとして「画狂人」と名乗った。人物画、風景画、歴史画、漫画、春画、妖怪画も描いた。

しかし、北斎は歌麿のような表面的な美では不満であり写楽の役者絵の如く内面の我（が）を掘り起こす絵を志向した。縁日で百二十畳の布に即興で達磨を書いたり米粒に二匹の雀を描いたりして人の度肝をぬくことも楽しんだ。常に人には見て見えないものを想像を逞しくして描き人の意表をつくことを狙った。名前は三十回も変えている。これは師に二度破門されたり各流派の大家の名をもじったりしたのもあるが、あらゆるジャンルの絵を描きいずれも一流になったので、真の実力を世に問うために新人の振りをするための偽装もある。

引越しも生涯に九十三回している。この内自分で新築したのは一軒のみで他は借家である。気分一新するためであったり周囲の環境に飽きがきたり又画財を求めてである。人との付き合いは老人になってからは素っ気がなかった。物にも金にも執着がなく二度目の妻が死んでからは娘の栄と二人暮らしで家具は炬燵（こたつ）のほかにはなく何時も汚れた服を着て食事は出前で済まし包装の竹の皮などを放置し部屋中塵(ごみ)だらけのゴミ屋敷であった。ただひたすら絵を描いた。北斎の最高の傑作は七十才を過ぎて刊行された富嶽三十六景である。五十歳で旅に出た時富士山に感動しその後構図を練って描きあげたものだ。北斎といえば富士、富士といえば北斎と賞賛された。

北斎は老いても画欲旺盛で人を描くには骨格を知らねばと接骨家に入門して筋骨の仕組みを学んだ。又、驚くことには七十五才の時「富嶽百景」の後書きに「七十年かくところは実に取るに足るものなし、七十三歳にしてやや禽獣虫魚の魚の骨格、草木の出生を悟り得たり、故に、八十歳にしては、ますます進み、九十歳にして、猶その奥意（奥義(おうぎ)のこと）を極め、一百歳にして正に神妙ならんか、百有十歳にしては、一点一格（線のこと）にして生きるが如くならん」と気を吐いている。

九十歳で没する三ヶ月前に描いた「富士越龍図」は神韻の漂う最高傑作である。その他の傑作は富嶽三十六景、北斎漫画等などである。春画の「あまと蛸」は逸品である。北斎の絵を見ないのは惜しいので美術館で是非見ることを勧める。

# 礼儀は今でも大切

私は三十五歳頃礼儀を欠いて失敗したことがある。勤務先の企業のトップが交代し、新任者が着任する前に意見を上申しようと思い、指定先に訪問したが、三十分位遅刻した。相手は初対面のしかも勤務先の理事長だから叱責され、その後の月一回の会議でもご機嫌は麗しくなかった。指定された場所が初めての場所だから、下見ぐらいするべきだった。その前に課長の分際で初対面で何階級も上の人に会見を申し込むこと自体が常識を欠き失礼だったと考えている。当時の私は分別も欠いていた。私としては前理事長が死亡されての突然の交代だから、新理事長も困るだろうと思い親切気でやったことでありなにかの思惑があっての行動ではないがお節介も過ぎたようである。

数年前これと似た話が新聞報道された。福岡一区の民主党松本龍国土交通大臣が宮城県を訪問した時、村井県知事が数分遅刻して、国交大臣を待たせたので、国交大臣は怒って「お客さんが来る時は自分が入ってから、お客さんを呼べ。いいか、長幼の序が分っている自衛隊ならそんなことやるぞ。わかった？」と叱責した。後に村井知事は「社会通念上このような接遇が正しいと理解している。国と地方自治体には主従関係はない。」と述べている。

私は村井知事の考えは間違っていると思う。そもそも、国と地方自治体に主従関係はないとどうして言えるのか。何をのぼせてそんなに思い上がっているのか。社会通念上こんな接遇が正しいと理解している。と述べているのもおかしい。五十歳にもなって、しかも長幼の序の厳しい自衛隊出身者が何を学んできたのか。どう考えても国交大臣の方が上であり、しかも東北大震災の県の仕事を助けに来てくれた客人ではないか。明らかに礼を失した態度であり、それを社会通念上正しいと理解しているということは村井知事の同年代の人達は礼儀に対して関心が薄くなっているのではないかと危惧している。村井知事は現在は全国知事会の会長に出世している。

私も常日頃そんな印象を持っていた。日本は昭和二十年の終戦後に米国のドライで粗雑な文化の濁流が流入しアメリカナイズが進み礼儀の無い米国流の立居振舞が一般化してお り例えば親や上司や年長者にも同輩に対してのような対応をするようになりつつある。英国の下流階級の食い詰め者が二百五十年前に建国した米国と二千年の歴史を有する由緒正しい伝統があり、上には祭礼を司る天皇を擁する高い文化を持つ日本とは全然国情が違うのでありそのことを先ず理解してもらいたい。

外人が日本人の長所としてあげるものの一つは日本人の礼儀正しさである。ということは礼儀が失われようとしている日本でも礼儀のレベルはまだ高いのである。外国人も礼儀の必要性は感じているが自国が礼儀の低い国であるから日本及び日本人を羨（うらや）ましく思っているのだ。礼儀の高い国は一朝一夕では出来ないのである。

くだんの件だがマスコミは松本大臣の発言は傲慢と報じ有識者の反応もやや否定的であった。松本大臣は責任をとり辞任したが、私は松本大臣の勇気ある発言は正論であり辞任の必要は全くなかったと思うし、東北の礼儀知らずの幼稚な県知事が国を頼り切って自分達が主導的に働こうともせず、国の遅滞により復興が遅れていると言わんばかりの非礼な態度では復興は遅れるだろうと思った。

地方に権限を委譲せよという地方自治には私は反対だ。村井知事程度の人に権限は委譲できない。市町村役場の町長が収賄で逮捕されたりしておりまだまだ地方は自治の能力はない。

私が不動産鑑定士の時は他人から仕事を紹介してもらった時はそのつど些少なお礼をしていた。紹介してくれた人も一応の礼儀に接し悪い感じはしなかったはずだ。親の躾（しつけ）がなくても壮年になれば自分で礼儀が必要なことを悟らないといけない。昔は「折り目正しい子」とかその反対の礼儀のない子は「親の顔を見たい」とか「お里が知れる」とか言ったものだ。要するに子の家庭が想像できるということだ。

礼儀正しいだけで日本では一応の信用がつくことを理解していない人がいるが、礼儀は商売人でもサラリーマンでも必要なものであり、収益や出世に大いに影響することだ。礼儀正しいとは綺麗なお辞儀とはかぎらない。ぎこちないお辞儀でも心のこもらない虚礼よりは余程ましだ。礼儀は他の徳目と同じで外形と心の両方がなければ合格とは言えない。

## 禅宗は自分の探求

仏教の開祖インドの釈迦の教えを比較的によく受け継いでいるといわれるダンマパダ（法句経）では心の制御の必要を執拗に説いているが釈迦の教えに最も近いという禅宗でも、心のあり方を重視している。

禅宗の教えを集めた禅語集によると、人は感情的な心と本質的心（仏心）の二つをもっているがその両者が頻繁に交流することを勧めている。そして、仏は自分の外には存在しないで自分の中にあると説いている。

例その一、中国より茶を初めて日本に持込んだことで有名な栄西（ようさい）は一介の僧侶と思っている人が多いが、実は日本禅宗の臨済宗の開祖である。博多に聖福寺を建立するに際して既存仏教から邪教との批難を受けこれの釈明のために「興禅護国論」を書き、その序文に

「大いなるかな心や天の高きは極むべからず然るに心は天の上に出づ。」と述べている。心は天の上まで昇ることができるということである。大宗派の禅宗を興した人に相応しく心の壮大さを述べている。心はいつ、どこにも存在する久遠で普遍で時間空間を超越して自分の中に無意識の状態で実存している仏心をいう。仏心とは純粋な人間性という意味である。感情的な心はいつもゆれて動いているので、頼りに出来ない。要するに、人の心の中には純粋な人間性と感情的な人間の心が一体となって共存しているということである。

例その二、中国唐代の禅僧で瑞巌寺の師彦は時々大声で主人公と呼び自分で返事をして自問自答していた。ある僧がこれを評して「瑞巌爺は自分で売買しておるなあ。目覚めよと呼ぶ主人公と騙されないと答える一人」と。人間は日常的自我の自分とこれに呼びかける本質的自己の自分の二人の自分を持っている。前者は外在的でその人の言行ですぐ分るが、後者は内在的存在で外からは分らない。

凡夫である日常的自分が感情的になったり良からぬことを考えたりしていると仏である

主人公の自分が阻止したり叱責したりする。簡単に言うと自分の中の良心が良からぬこと考えている自分を叱責するということだ。こうゆう良心との対話が多ければ多いほど主人公という良心の指導をうけて人間性がよくなる。そして、主人公ともう一人の自分の考えが接近してくれば人間として完成度が高くなる。

例その三、中国の臨済宗の開祖臨済禅師（唐時代）は「無事是れ貴人なり、但だ造作することなかれ」と述べている。無事とは仏や救いを外の他に求めない心の状態であり、その人が無事の人だ。外に求めず自分の中に分け入ってもう一人の自分である本来の人即ち仏に出会いなさいという趣旨である。

臨済は仏という言葉が神秘化されるのを恐れて仏を真人（しんじん）とか貴人とか人と呼んだ。従って、自分のなかの本来の人にめぐり合えたら同時に真人即ち仏に会ったということだ。仏とは生来の自分の心の中に無意識にあるもので、仏は人を離れては存在しない。「但だ造作（ぞうさ）することなかれ」とは他に何もせずそのままの本来の姿であれということだが、禅宗は信仰とか祈祷とかはしない。

例その四、禅宗の曹洞宗の開祖道元（福井の永平寺）は「心身脱落（悟り）はただ座禅によって得られ、焼香、礼拝、念仏、読経は不要である」と述べている。

以上を要約すると栄西は仏心は天の上までも昇ることができるという。師彦は良心である主人公と日常的自分とで常に問答をくりかえして自分を高めよという。臨済は仏や救いを他に求めず自分の中の仏（真人）に出会いなさい。他には何もしなくてよいという。道元は心身脱落即ち悟りはただ座禅のみでよく読経、礼拝などは不要という。即ち仏や僧侶の支援も不要ということだ。

本来の禅宗は宗教というより自力本願の孤高の哲学だ。しかし、元をたどれば仏教の開祖釈迦の教えは自分の行いによって未来が開かれるという哲学であったのだ。

いずれにしても、禅宗の高僧達の高い目標と現実の禅寺の俗的態度との乖離には唖然とせざるをえない。

さて、考えてみると、人が宗教に近づくのは肉親との離別の悲しみや事業の失敗による絶望を自分では処理できずに仏に救いを求める場合が多いと思うが禅宗では前述のように自分で解決しなさいと突き放される。他方、他力本願の浄土真宗などは阿弥陀佛が救ってくれるので、ただ南無阿弥陀仏を唱えて阿弥陀佛に全てを委ねなさいという。どちらが心が安らぐだろうか。日ごろから禅宗の教えに基づき修身した人は禅宗で間に合うかもしれないが、日ごろ仏教と縁が薄かった人は浄土真宗などのほうが魅力的である。日本最大の宗派は浄土真宗であるがさもありなんと思う。浄土宗、浄土真宗こそ宗教である。

# 人相について

「男は四十歳の自分の顔に責任をもて」という言葉があるが、米国大統領リンカーンの言葉らしい。孔子は「四十にして惑わず」、「年四十にして憎まれるはそれ終わるのみ」と述べており四十歳は洋の東西を問わず人格の完成期ということか。

さて、日本では中国伝来の人相学が遣唐使によって輸入されたようだ。中国では周時代から人相学が起こっているが医学との関係が深く病気や寿命が分るとされた。

これに比べると西洋の人相学は驚くほど幼稚である。西洋では動物の顔の特徴と性格の関連により色々なタイプを作り、これを人間に当てはめて性格を類推する方法が人相学の本流であった。哲学者として有名なアリストテレスは「額の大きな人はのろまで、小さい人は移り気であり・・・・」と述べている。十六世紀になってもある大家は「山羊のような顔の人は山羊のように愚かである」と述べている。流石に、十七世紀になると表情重視へと変わった。

しかし、独立前のアジアの植民地では西洋人は鼻の低い東南アジア人より鼻の高いインド人を高く評価し、中間管理職にすえた。西洋人は同じ白人でも鼻の形が嫌いという理由で排除したという話もある。

中国、日本では正面の顔を重視するが西洋では横顔を重視するらしい。中国日本では目鼻口などで人を差別したという話は聞いたことがない。古代中国の老子、孔子関係の本にも顔の造りについての著述はなく、表情についてはあるがこれで人間の内面を判断したものではない。例外として孔子の論語に「巧言令色鮮し仁」（口が上手で顔よしの人は誠実がない）がある。日本では織田信長が豊臣秀吉を猿と呼んだが罵倒したわけではない。

人相は正面から見た顔の造りと表情で判断すべきではないかと思う。横から見ても表情はよくは分らない。日本には優れたお面が沢山あるが、お面も正面から見るものである。

日本の人相学は俗っぽくなって、易者の手相や人相による占いが主流であり科学的学問としては発達しなかった。私も人相の本も持っているが、迷信的であり応用能力はあまりなく重視していない。

しかし、世渡りには他人の人相や表情が発する性格や感情を読み取ることは大切なことである。そのためには多数の人と接したとき顔、表情をさりげなく観察することだ。同時にその人の言葉も合わせて判断するとさらに正確度が増すと思う。むしろ言葉の方が重要かもしれない。そのため口を慎めということは古今東西で強調されてきた。

自分の顔や表情は自分には分らないのでそれが他人にどのように受け止められているかも的確には分らない。そのため口を慎むとともに自分の顔と表情も常に注意を払っておかなければならない。しかし、言葉を含めて顔、表情を表面的に飾ったり隠したりするのではなく修養することにより心を高め感情を抑えて重厚温和な人格者になることが本筋である。そうすれば人相も重厚温和な顔になる。

いずれにしても「男の顔は履歴書」と言われる（評論家大宅壮一）ほど重視されるので、時々は鏡を見て自分の顔が晴れればれとしているか他人に好印象を与えるかを確認することは大切だろう。

# 遺伝子は先祖の記録

昭和三十年ごろ私は大学で刑事政策という科目を学んだ際に犯罪者の家系には高い密度で犯罪者が生まれているということを知ったが、その時から偶に思い出すことは人が一念発起して何かを決意してもその人の遺伝子が邪魔して決意が腰砕けになってしまうのではないかと考えていた。当時は遺伝学も発達してなく、DNA（デオキシリボ核酸という物質）が遺伝と関係があることが明確になったのは昭和二十七年であり、犯人の判別のためなどの実用に役立つようになったのは近年である。

唐突ながら、私は十数年程前に歳にはやや不似合いな「遺伝のしくみ」という本を買って読んだところ人生観が変わるほど驚いた。というのは、この本によると人間の全て即ち、人相・身長・体重・体形・筋肉・骨格・臓器・知能・性格・心・行動・習慣・くせなど全ては遺伝子の設計に従って制御されているというのである。私にも幼少より変身願望があったが私の変身したい身体的特徴や性格などは私が創ったものではなく遺伝子が創って与えたものだから、私が責任を感ずる必要がないということで、気が軽くなった。

世の中は法律的には一応自由と平等が保障されていても、よく考えると現実は親から受け継いだ遺伝子や親が付けた名前や家庭環境や社会環境によって雁字搦めにされていて真の自由も平等もないことを改めて強く感ずる。頭脳も身体能力も平凡な男の子は頭脳明晰や身体能力の優れた男子に変身する自由はないし、本人には何の罪もないのに比較されて不公平である。顔の問題は幸にして美容整形が普及しているので女なら程ほどの美人にはなれるが、知能や身体や性格の変更は簡単にはできない。人は生まれながらにして不自由と不平等を背負っていることを感じるのである。

先ず、遺伝子とは何かを述べたい。「遺伝のしくみ」という図解本によって得た知識を総括して、簡単に言うと、遺伝子は人間の個性の全て癖や習慣までもを創る設計図である。人間には約四十兆個の細胞があるがこの細胞には中心に核があり、細胞が分裂中にはこの核の中にひも状の二十三対、四十六個の染色体が見られる。各染色体はDNAという長くて細い糸を一万分の一に折りたたんで固めたDNAの塊である。DNAは二本の糸がしめ縄のように巻いている二重らせん構造をしており、この上に遺伝子が載っている。遺伝子はDNAの五～十％しかなく残りの大多数の部分の用途は不明である。遺伝子の中には設計図の領域と眠っている遺伝子を発行させる一から数個のスイッチがある調節領域が含まれる。

略言すると、四十兆の細胞の中の染色体の複雑で神秘な構造の中に人間の設計図とこれを運用する調節部門からなる遺伝子が入っているのである。前述したが、四十六個の染色体のうち四十四個、二十二対は常染色体といい大きな順に一から二十二まで番号が付けられている。二個は性染色体といい、性染色体の対は女はX染色体を二個持ち男はXとYの染色体をもっている。これらが二十三の対をなしているのは父と母からそれぞれの遺伝子の五十％を受け継いだからである。子は両親から五十％づつの遺伝子を受け継ぐので子は親に似ると考えがちだけれど、精子と卵子の遺伝子は四百万あるので四百万掛け四百万の天文学的数字の中からランダムに選ばれるので、親に全く似ない子が産まれる可能性がある。大学教授の子に知能が凡庸な子が産まれることもある。又、その逆もある。

人の細胞の核の大きさは平均０・六五マイクロメートルという極小の中に二メートルという長さのDNAを折りたたんで圧縮したひも状の染色体が四十六個も入っているということ及び、その中の遺伝子によって人の全てが制約されているということが分ったことは大きな驚きである。

人の遺伝性と後天性は大体五対五と新聞等で言われていたが、平成十二年出版の「遺伝子の不都合な真実（著者安藤寿康）」によると色んな場面によって、その比率が異なることが判った。

思いつくままに揚げるが煩わしければ読むのを省略されたい。

イ、米国の調査では知能向上の投資による見返りは遺伝子が全く同じ一卵性双生児の調査によると十％とある。ただ後天的な能力に影響する家庭環境が劣悪な子ほど知能向上の努力の効果は高いという結果がでたそうだ。地頭力の遺伝子が眠っていたのだろう。これは朗報である。子供のうちに勉強に励んでいるとそれは報われる。

ロ、知能の似ている度合いの相関係数を一卵性双生児について調べると0・七二であり、二卵性双生児では0・四二であった。これはなにを意味するかというと本来百％の遺伝子を共有する一卵性双生児が七十二％しか似てないし五十％の遺伝子を共有する二卵性双生児が四十二％しか似ていないということだ。残りは家庭環境や社会環境によるということで努力の効果が約三十％あるということである。

ハ、米国における個人収入の遺伝の影響を調査した学者の調査結果は遺伝子の影響四十二％、家族の影響八％、社会の影響五十％となっている。又、別の学者がスエーデンの個人の収入についてより信頼性の高い遺伝子の影響を調査したところ遺伝子の影響は二十五％、残りは社会環境の影響となっている。これをみると収入については個人の後天的な努力の効果が高いことが分かる。

二、遺伝の影響は年齢とともに大きくなるそうだ。若い時は家庭や社会の環境の影響を受けて本人の意欲や努力により進化するが成年期以降は家庭や社会の影響も少なくなり遺伝の影響が若い時の0・四から成年期は0・七位に高まる。これは平均値であるから、若者に負けないように頑張っている熟年や老人は遺伝の影響は低いと思う。前述した遺伝子の調節領域のスイッチがONになっているからだ。

ホ、学者の研究によると遺伝子は国によって異なる発現をしているそうである。米国・英国・オーストラリアは新奇性が強く個人主義であり、日本・韓国・中国・台湾は不安を感じる傾向が強く日本以外の三国は集団主義であり日本は個人主義と集団主義の中間に配置されている。

へ、環境の意味は一人ひとり異なる。同じ対象に接しても各人がその意志と遺伝子によって異なる対応をするのである。例えば三人の男子がいて露出癖の美女に接した時に嫌悪感と一瞬の欲望をもつ者、一瞬は欲望をいだく者、強い欲望を感じ機会をみて強制的に実現しようと思う者がいたなどである。この三人の心の違いはそれぞれの遺伝子の欲望の制御力や倫理観や犯罪罰の予知力に差があるからである。三番目の男は瞬間的な躊躇(ちゅうちょ)はあってても遺伝子の魔力には勝てないのだ。私が考えるにはこの男は禅寺にでも参禅したり、仏教書を読んだりして一念発起するしか方法はないと思う。遺伝子には調整領域にあるスイッチをONにして遺伝子を発行するしくみがあるので、座禅や修業などをしていると遺伝子の良い部分が活発になってくる。最近の研究によるとこれが影響して遺伝子の構造に変化が起きる現象が認められたそうだ。何代にも続いた犯罪者の家系も本人の真摯な修業によって犯罪が中断又は廃止になる可能性がある。

ト、人の遺伝子は太古の時代から環境や個人の活動の影響をうけて変化したものと思われる。環境と言うのは自然災害もあればその時代の身分制度などの制約や豊かさなどもありその中で人々の活動があり、それら全てが遺伝子の形成や変化に影響したものと思う。遺伝子は人間の過去の累々たる活動の記録でありいわば遺言であり又未来への進路を示す案内図のようなものではなかろうか。

ダーウィンの進化論を待つまでもなく遺伝子も変化又は進化してきたものである。現代の日本のように制度的には自由が保障された社会では意欲と実行力のある人の遺伝子は大いに進化するものと推察される。そしてこういう人達が子孫を沢山残せば百年位将来の日本人の遺伝子は様変わりしていることだろう。問題は様変わりの内容だが、往時の武士のように命を惜しまない潔さや金銭に執着しない遺伝子は消滅してしまって、礼儀を知らず利己的で愛国心を失くした遺伝子が強くなったりしていないか若干心配である。

チ、遺伝子を前述のように考えると私の遺伝子は厳しく、貧しくそして自由の制約された時代にそれでも諦めずに営々と努力をしてきた先祖の事跡の尊い記録であり、何の力もない赤子の私宛の進路を示す案内図だと思うようになった。案内図どおり進む必要はないので成長するに従い違う道を歩むこともあったと推測するが、それもたたき台となる進路の案内図があったから出来たことだと思っている。私の受け継いだ遺伝子の中にもおこがましいが他人よりやや優っている部分もあるような気がするので、後天的努力も考量すると少しはまともな遺伝子に変貌しているのではないかと思う。

# 信用は基礎

私は社会生活をする上で重視することは信用を得ることだと思っている。いや、知識だ、金だという人もいるだろう。その人の立場の違いで一番切実な要求に答えてくれるものが違うのは当然だ。

しかし、信用というものは如何なる立場に立っても又必要の濃淡はあっても、無くてはならないものであると思う。例えヤクザでも高利貸しでもお笑い芸人でも詐欺師でも偽善者でも人と交わる者は全て信用が無いと事は順調には進まない。ただそのことを本人が一番意識しているのは詐欺師と偽善者であろう。ただ表面的な信用はいずれ化けの皮がはがれてしまう。

本物の信用は継続的な忍耐的努力によって少しずつその人やその企業に付いてくるもの

で、一朝一夕にできるような代物(しろもの)ではない。だからこそ、信用は重いものだ。金の輝きはないが、いぶし銀の如きものだ。

明治二十八年の日清戦争(当時中国は清王朝)に日本が勝利して得た中国の遼東半島を露独仏三国の要求により、日本は涙をのんで返還したが、露国は厚かましくもその遼東半島に侵入し事実上領有した。日本は臥薪嘗胆(がしんしょうたん)して、対露戦のために着々と戦争の計画をたてて実行した。

その一つが日英同盟だ。このお陰で露国側にたつ独仏等の第三国の日露戦への参戦や干渉を押さえ、英国における日本の軍艦建造の優先支給や新造軍艦が日本に着くまでの途中で親露国の妨害を防ぐため英国海軍が安全圏まで護衛してくれたり、日本に向かう露国バルチック艦隊の石炭等の積み込みのための寄港を大英帝国の力で妨害するなど多大な恩恵を与えられた。

日本からの同盟の申入れに対し英国が応じたのは、英国が中国に持つ利権を日本に守ってもらうという打算があってのことだが、日本を信用したからこそである。当時世界は一等国の英国が五等国の日本と同盟を締結したことに驚いた。英国は日本の何を評価したのか不思議に思った。英国は明治維新の頃から日本を観察していた。そして日清戦争の日本軍の勇敢さと軍律の厳しさも見て、日本は信用できると判断したのだ。

日本は日英同盟と英国の支援がなかったら大国露国に勝利することはできなかったと思う。日本人はこの時の英国の恩義を忘れてはなるまい。

当時の米国でも大統領ルーズベルトはBushidoTheSoulofJapan(武士道日本の魂、新渡戸稲造著)という本を読んで熱烈な日本贔屓になり又、戦費調達などがうまくいったのも新渡戸の本に登場する武士たちの信用の賜物である。何百年にわたる精進により、「花は桜木人は武士」といわれるような信用を得て貢献したのだ。

さて、最近、デパートやホテルで料理の産地偽装が発覚している。これは由々しい事態だ。二~三流の飲食店ならいざ知らず一流のホテルがなんとしたことか。東芝という日本の電気産業を代表する会社の粉飾決算は世界の株式市場において東芝のみならず日本の会社の信用を失墜してしまった。これにより日本の株全体が買い手が減って冴えなくなってしまった。三菱自動車の消費燃料の偽装表示も暴(あば)かれて信用を失墜した。一流企業でもこのように信用の意識が薄いのは理解できない。日本人が劣化し始めているのか。失くした信用の回復は不可能に近いと知るべきだ。

孔子は「人にして信なくんばその可なることを知らざるなり」（人として信義がなければうまくやっていけるはずがない）と二千五百年前に述べている。又、先に述べた「八徳は新しい」の中で説明したが、信は八徳の六番目に位置する。

江戸時代の大阪の商人は商人同士の売買や金の貸借では口約(こうやく)と手打ちのみで契約を成立させた。但し初めての相手からは証文をとった。福井や徳島その他の地方でもこの慣行がおこなわれた由である。如何に信用が重視されたかがわかる。（日本法制史石井良助東大教授）。

信用は商人だけに必要なものではない。老若男女、各界各層の人全てに必要なものである。サラリーマンも信用が有ると無いとでは出世も評判も違う。信用の高い者は労せずして出世できるが信用を失った者は努力しても報われないことが多い。犯罪を犯して一度服役すると信用回復は難しい。

さて、信用についてあれこれ述べたが、私自身は他人から信用されているかを考えると全く自信がない。ただ信用を意識して日々暮らしているだけだ。

## 複眼で見よう

人や物や現象には過去の歴史や将来性の縦の関係と他の物や現象との横の関係もある。また表と裏がある。洪水のような情報の氾濫のなかで現代人は主体的判断が出来ないでいる。縦、横、表、裏から見て少しずつでも主体的に判断するようになりたいものだ。

私は庭いじりが好きで木の剪定をするが、これが時間がかかる。枝を切ると樹相が変わってしまう。切った枝は元に戻らないので、切る前は東西南北から注視して切った後の姿を想像して切る。物事を判断するときは縦、横、裏、表を見なければ十分ではない。特に裏が重要であり何が隠れているか分らない。表は偽装で裏に本音が在るかも知れない。目前の表だけ見て判断する人は能天気(のうてんき)な人と言われる。

かく言う私自身も能天気だった。世間に揉まれながら世渡りの経験を積んだり、新聞や読書によって考えたり、木の剪定に失敗したりして複眼的思考法を学んだ。複眼的思考をするには社会の経験と自分の頭で考えようとする覚悟が大切と思う。

さて、私の体験による話を披露したい。その一、私は今まで二十回転居しているが、土地や住宅を買う時は最低でも売主の素性や売る原因を仲介人に聞くことにしている。日中案内してもらっても夜も、早朝も、雨天のときも調べることがある。そして向こう三軒両隣の住人も調べる。そして家族の身にもなって考える。

その二、家族が重病のときは診断はしっかりした人が付き添い、治療も同様にして、医師ペースに進まないよう注意することが肝要である。本人も付き添人も十分理解してないのに治療を医師に任せたらとんでもないことになると母と妹の入院の時に思った。

その三、私が所有する土地を売ったときにその買主がその土地に家を建てた後で、土地に欠陥があるので契約解除したいと裁判に訴えてきた。一年ほどの裁判により買主は敗訴した。ところが高裁に控訴して又敗訴した。買主の弁護士の意思により、無駄な一審と控訴をして、買主は二回も弁護料をとられることになり踏んだり蹴ったりであり気の毒だ。

買主は自分の頭をフル回転しないで弁護士任せにしたのが失敗の原因である。私はこの裁判には弁護士は雇わず自分で答弁書等を書いたが、当初より負けるとは思っていなかった。私のような訴訟の門外漢がそう思うのに買主の弁護士はそんなことが分らないのが不思議である。邪推かもしれないが余程愚かな人か、さもなくば人を食い物にする悪徳弁護士かであろう。

その四、私は高血圧の治療のため大病院の診断により薬をのんだら股（また）に大きな湿疹が出来たので、同病院の皮膚科の診断をうけたら薬の副作用というので服用をやめたら治った。高血圧の医師にそのことを告げたら、薄っぺらな本を見てそんなことはないと言う。以上の例は素人が専門家を丸信用したために起きた私の体験だ。専門家も利口な人もおれば愚かなまたは悪意の専門家もいることを先ず承知しておくことが大切だ。

これを予防するには自分の経験を待っていては遅いので、病気であればセカンドオピニオンの医師、その他のことはその他の専門家に聞いたり物の本を読んだりして、少しでも専門の知識を得ることが必要である。

私の知人に何ごとでも詳しそうな他人に聞いてきて自分は特に勉強しないで飲んで遊んでいた人がいた。元来利口なひとで人の知恵を借りて若干のお礼の品を送っていたが、この生き方も悪くないなと思ったこともある。

以上とは分野が違うが、メディアには単なる受売りの情報も多く、信ずるに足りないものも相当にあり、又、専門家や学者の意見にも軽薄で非論理的で真実とは程遠いものも多い。読書の場合でも批判的な目を持って対応することが肝要である。仮令、大学者の本でも百％信用してはいけない。人間の創造物に完璧なものはありえない。

過去の歴史と将来の縦、近隣、国家、グローバルの横、表の顔、裏の事情を考える習慣を身につけることは後悔しないためにも更なる前進のためにも欠かせないことである。

裏の事情について少し補足しよう。商売人と付き合う場合は表では綺麗ごとを言っても裏は金儲けのことしか考えていない場合が多いのが普通である。しかし、嘘も商業道徳上許される範囲の軽微なものはしかたがない。詐欺的なものや悪質なものは要注意である。良い女の美人局（つつもたせ）や違法売春の高額支払いは客も違法であるから、恐れながらと訴えでることができないことを悪用したもので悪質だ。表は真面目な商売人面をしているが裏の顔は暴力団であったり、高利の支払いを約束して勧誘しておきながらその実は単なる詐欺師であったりする。性欲や物欲の強い客と金銭欲の強い悪徳商人の知恵比べが五万とある。騙すのは商売人だけではない。政治家、公務員、学校の教諭、医師、弁護士等などの中にも多数いる。特に政治家の嘘は常習犯で慣れてしまっていて悪びれたところはない。

世界的にみて日本の国民は二流、政治家は三流と言われるのもあながち否定できないと思う。

# 国家は沈没しないか

今日の日本には国家、国民に関する問題が山積している。

そのうちで私が重視している難問題は、第一に老人対策問題である。老人は全員弱者と決めつけ保護の対象として、医療、介護に低料金（70～74才は二割、75才以上は一割）で過剰な保護をしている。そのため毎年一兆円の財政支出が増加しており総額は約43兆円を越えている。

医療の進歩で一昔ならとっくに死んでいる者が今は遺伝子治療や画期的な薬の開発により救済されるようになった。その代わり治療費に一財産の高額な代価がかかるが、健康保険のお陰で普通のサラリーマンが払えるくらいの低額の支払いで済むのであるから、健康保険組合の財政はたまったものではない。

こんな長期的な視点を欠いた無責任な制度では永く続くことは出来ない。資産家や高額所得者に重心を移して負担してもらうべきである。資産家や高額所得者は資産又は所得のいずれかの基準により自己負担分を変えて最高は全額自己負担とすべきである。資産基準では1億円以上は全額自己負担にするがよい。所得基準は軽々しく言えないが一定額以上は全額自己負担にするべきだ。高額な自宅が有っても収入の無い人がいるが、この人は住宅金融支援機構のリバースモーゲージ制度によって自宅を現金化してその後もその自宅に住み続けることが出来るので、これを利用して高額医療を受けたらよい。もう一つの方法は高額の治療費や薬には保険の適用を認めないようにすることである。健康保険では対処できないなら、健康保険制度は廃止して、税収により支出する方法に切り替えることも検討すべきである。

極く単純に考えても、資産家や高額所得者が自分の病気の治療に全額負担するのは当然のことではないか。又、低額所得者も低額で金持ちと同じ治療を受けられるというのはおかしいではないか。但し、五十歳以下で現役で仕事をしている人には例外措置を認めたらよい。いずれにしても大改革は避けてはとおれないものと考える。

本来、人間は出来るだけ頑張ってウオーキングなど体をよく動かすことと食欲に任せて食べ過ぎないように注意して病気の予防に努力すべきだと思う。そして、人間はいずれ遅かれ早かれ死ぬのだから、女優の樹木希林さんのように面白がって生きそして死ぬのがよいといって死んだことはとても潔く(いさぎよ)て爽やかであり手本になる。また、戦国の英雄織田信長が出陣のとき「人間五十年化天のうちをくらぶれば夢幻の如くなり一度(ひとたび)生をうけ滅せぬもののあるべきか」という幸若舞の敦盛(あつもり)の一節を謡い舞った潔(いさぎよ)さと諦観を学ばなければならない。

制度の見直しをしようとしても一部の老人と族議員が反対することは必定であるがこれをしないと財政は破綻してしまう。財政悪化のつけは現役世代や将来世代に回される。既に政府の借金は一千百兆円を越えている。現在の全国民は赤子(あかご)も含めて一人当たり30万円超の社会保障費を負担しているのである。これをうすうす知りながら知らぬふりをしている老人世代は利己主義と言われても仕方ない。

これは一度国民を甘やかすと元には戻らないということであり、歴代自民党政権のポピュリストたちの選挙目当てのばら撒き政策の結果である。この罪は非常に重たい。これに対しては若者達が「若者や将来世代の負担にして財政を悪化するな」と強く政府に抗議をするしかない。同時に新聞等のマスコミも社会保障費の減額修正の必要不可欠性をもっと強く強調すべきである。

更にもう一つ医療の現場に難問題がある。医療技術は進歩したので、入院した老人がチューブに繋がれたまま簡単に死なない。医師の中には生命尊重の名の下に延命に励む者もいるし、患者は死にたくても死なせてくれない。国会討論で共産党の代議士小池晃（医師）が「患者は一分一秒でも長生きしたいものです。」と空吹いたのには呆れた。国会議員で誰一人その発言は間違っていると反論する者がなかったのにも失望した。国会は嘘つきの集りである。患者や家族は手の打ちようがないのである。家族の支払う医療費は小額で大した負担にならないし、親を殺すようなまねはしたくないし、医者は尊厳死のようなことはしたくない。ただ患者だけが死ねずに苦しみ、国家財政が悪化するだけだから、誰も知らぬ顔をしているような状態である。しかし、切に死を望む者は下巻の最終の「人生の終り方を考える」に書いているので、参照されたい。

さて、次は第二の政治家劣化問題である。日本の政治家の評価は内外ともに低く企業家は一流、国民は二流、政治家は三流といわれた。吉田茂（昭和二十一年首相）のような選挙民や国民に対し毅然とした態度の政治家は数少ない。

鳩山一郎首相以下ポピリュストが多い。大多数の政治家は正義感も愛国心も薄く選挙目当ての国民迎合政策をとり長期の視点を欠き場当たり的である。日本を悪くしたのは政治家だと私は確信している。安倍首相も外交では合格点をとっているが、財政のことは頭に無いらしくばら撒きのひどいことは眼にあまる。この人はお友達が好きでお友達で無い人には冷たい。これではゴマすりの太鼓持ちしか集らないので、政治改革は不可能である。在任期間が長くても名宰相とは言えないが暗殺された。

政治家を批判するとそれは国民が選んだのであり結局国民が劣るからだという。しかし、小選挙区制度の下で各党は候補者を一人しか立てていないので、政党は選択できるが候補者は選択の仕様が無い。これで政治家が良くなるわけがない。小選挙区制度は候補者の公認を通じて党の中枢の権力を強くして代表者等の強権につながり党員のまとまりはよくなるが、各党員の質は無気力で不勉強家になりやすく国会審議も低調で政治が全体として盛り上がらない。中選挙区制度に変えて複数の候補者の中から選択できるようにしないと良い政治家は育たない。

国民も欧米先進国の国民に比べると自立の精神が相当に劣り共助、公助の必要性を言う人もいる。しかし、国民を甘やかしたのは断然政治家である。先進国の中で二流の国民と三流政治家が相互に影響しあって今日の日本が形成されてきた。

さて、公務員の資質について少し触れたい。十数年前に国税庁長官佐川某が小学校建設用の国有地の払い下げ(籠池問題)及び獣医科新設(加計問題)で上司の麻生大臣や安倍首相を忖度(そんたく)して野党の国会議員の質問に知らないとウソを連発してテレビの視聴者をうんざりさせたことがあったが、頭はよいが自分の保身のためにに諂(へつら)う卑劣な男が高級官僚になっていることに失望した。これでは政治が良くなる筈が無い。公務員の質の劣化も極まったという印象だ。これにひきかえ、米国の大統領トランプのスキャンダルについて議会公聴会でコーエン元顧問弁護士は不正行為の隠蔽（いんぺい）に加担したことを恥ずかしく思うと言い大統領の不正を洗いざらい述べている。日本人と米国人の潔（いさぎよ）さの違いを見るように思うと淋しくなる。先行き日本国家は世界に取り残され沈没しないか心配である。

日本人は精神を失いかけている。

## 大東亜戦争とアジアの独立

大東亜戦争（昭和十六～二十、年）についての評価は日清戦争（明治二十七～二十八年）や日露戦争（明治三十七～三十八年）のように明確ではない。戦後から二十年間位までは左翼政党や、朝日新聞などのマスメディアや反日家により証拠のない酷評を受け国民はこれらに騙されていたが、林房雄の大東亜戦争肯定論のほか何冊もの同趣旨の本も出版され、最近では大東亜戦争は侵略を目的とした戦争ではなかったということが、一部の左翼や反日家を除き国民の過半に共有されてきている。

敗戦後日本を占領して独立まで日本を統治したＧＨＱ（連合国最高司令部）のマッカーサー元帥も昭和二十六年五月に米国上院の軍事外交合同委員会で日本の戦争は侵略戦争ではなく自衛戦争だったという証言をしている。大東亜戦争は表面は自衛の戦争であるが裏にはアジアの植民地を解放することを含意したものであった。昭和十八年の大東亜会議ではアジアの植民地解放を宣言しているので、大東亜戦争はその時以降は自衛とアジアの植民地解放のための戦争となったのである。

しかし、大東亜戦争がアジアの植民地諸国の独立に寄与したということは今でも多数の国民は知らない。戦争の現場がアジアの諸国のため、アジア諸国に迷惑を掛けたことは事実であるが、このことのみを強調して喧伝するマスメディアの影響によるものであり、大いなる片手落ちである。

大東亜戦争の開戦当時にアジアにおける独立国は日本とタイ国のみであり、インドネシアは十六世紀より約三百五十年の間オランダの植民地にされていた。マレーシアは初め十六世紀よりポルトガルに後十七世紀よりオランダに支配されそのうち一部が十八世紀より英国の植民地になっていた。ミャンマーはその一部を一八二四年より一八八五年には全土を英国が植民地とした。フィリッピンは十六世紀よりスペインの植民地であったが米西戦争で米国が勝ちそれ以後は米国の植民地になった。ベトナム、ラオス、カンボジャはフランスの植民地であり、インドは英国の植民地であった。大国の中国でさえ香港等は長期の租借地であり植民地と同様な有様であった。植民地は数百年という永い間人権を抑圧され富を収奪されて貧困に苦しんできたのである。植民地の国民は独立を願わない者はいなかったが、非力のため独立できなかった。

アジアの植民地諸国に独立の機運が到来したのは、明治三十八年の日露戦争で日本が大国露国に大勝利した時である。同じ黄色人種の日本が白人の大国を破ったのだからと勇気づけられたが、駄目であった。アジアの植民地諸国は欧米蘭西等の宗主国の永年の狡猾な愚民政策や搾取により精神的にも物質的にも弱体化されて抵抗しても欧米の強大な力には勝てなかった。

さて、大東亜戦争では初期にこれらの植民地諸国に陣取る米欧蘭軍を日本軍は短期間で撃破駆逐して占領しその空白地帯に日本軍が軍政を敷いた。独立支援の具体的方針は占領した植民地国に軍政を敷く軍司令官によって異なるが、いずれの国でも占領国を日本の植民地にしようとしたことは全くない。軍政を敷いた後は残酷なこともしていない。未開発国だからインフラ整備のため現地人に労役を強いたり華僑などの既得権益を持つ抵抗勢力が敵対行為をしたのでこれを撃滅排除したことは当然にある。

司令官の方針により独立支援の程度は大分異なる。インドネシアには一番力を入れた。三年半の間に各種の学校を設立して十万人のエリートを養成した。その中でも独立義勇軍の教育訓練は日本式スパルタで猛烈を極めた。現地人はおっとりしてこの訓練には驚いた。時たま顔を殴られると憎しみさえ覚え脱退する者もいた。東南アジアでは顔を殴られることは殆どなく恥とされた。

マレーシアは英国の温和な植民地でもあり日本軍は有力土侯に働きかけて全マレー人に反英決起を促す放送をさせたので人民の独立心は高まったが人民の独立戦争はなかった。マレーシアに駐留していた英軍に所属していたインド兵は大挙して日本軍に降伏したので、再訓練をしてインド独立義勇軍とした。続けて、日本軍は英国の東洋植民地の牙城シンガポールを昭和十七年二月に陥落し、降伏した十万の英印軍のうち五万のインド兵もインド独立義勇軍に渡した。

また、ミャンマーでは日本軍の諜報機関は開戦の十ヶ月前にミャンマーに進入し優秀な青年を集めて猛烈な教育訓練をして独立義勇軍の中核とし、日本軍とともに進撃し十七年五月には英印軍と中国の重慶軍十五万を国外に駆逐した。昭和十九年三月日本軍は衰勢挽回のためインドを目指しインパールに進軍したがビルマ方面軍司令官河辺正三とその部下の愚将牟田口廉也中将の無計画さと強引さのために希にみる大敗北を喫し多数の戦死者を出した。

フィリッピン（以下比という）の独立運動は明治五年より始まり、明治三十一年にスペインに代わり米国が新たな宗主国になって占領したので、対米独立運動が続けられ明治三十二年には日本に武器援助の要請をしてきた。ときの参謀総長川上操六は義侠の人であった。大国米国と戦うための武器の提供であるから間接的に米国を敵にまわすことになるので反対があったが、押切って大量の武器を送ったが輸送船が沈没したので目的を達しなかったが、日本の誠意は比国人に通じた。こうゆう背景もあり日本軍が上陸したときは人民の大歓迎を受けたが、米軍を駆逐したあと軍司令官が独立運動を禁止したので、人民の対日感情は一機に悪化して一部の独立運動家のみによる反米ゲリラ闘争となった。昭和十八年十月に日本は軍政を廃止し比国は独立した。しかし米軍が再上陸すると日本軍司令官山下奉文大将が司令官として乗り込んできたが、時すでに遅そく日本軍と比国独立軍は共に戦ったが敗北した。

タイ国には江戸時代初期にアユタヤ王朝に仕えた山田長政が勲功を立てたという有名な史実がある。開戦当初から日本と同盟国になり共に米英と戦かった。タイ国は日本軍のアジア拠点となりインド独立義勇軍はここからインドに向かった。日本軍が大東亜戦争で一番恩恵を受け且つ日本の敗戦で一番迷惑を掛けたのはタイ国である。

大東亜戦争の東南アジア戦の緒戦において日本軍が破竹の勢いで米英蘭軍を撃滅駆逐できたのは何故か。それは永年の過酷な植民地支配により宗主国を憎み恨んでいたところに日露戦争で大勝利した同じ黄色人種の日本軍が救出に来て呉れたので独立出来るのではないかと喜び日本軍に協力したので、日本軍と原住民との間に好循環が生まれたからである。

大東亜戦争の開戦の詔勅の中には植民地の開放と言う言葉は書いて無い。日本にはその余裕は無かった。しかし、大東亜共栄の思想は福岡の玄洋社の頭山満などの影響もあり当時の多くの指導者に共有されていた思想である。前述したように比国には武器の支援をしている。占領地の軍司令官は濃淡の差はあるがアジア開放は共通認識であった。

戦争中の昭和十八年に東南アジア、中国、インドの指導者を東京に集めた大東亜会議はアジアの植民地解放を宣言したが残念ながら日本は昭和二十年に敗戦になった。その後は現地の独立軍支援のために残した日本軍の相当量の武器が大いに独立運動を助けた。各植民地の独立のための宗主国との戦争は日本の敗戦により、日本軍によって養成されて強くなった独立義勇軍のみによって完遂された。この際強い懇願によりまたは本人の希望により旧日本軍の軍人が日本に帰国せずに残り独立義勇軍に加わり戦闘を助けたことも力になった。

そして完全に独立国となったのは各国により異なりフィリピンの昭和十八年を除けば日本の敗戦より数年から十年余の後になった。そして独立国の大統領等になった人は日本軍の猛烈な教育訓練をうけた独立義勇軍の中心的人物であった。その後アジアの独立の影響によりアジア以外の植民地が次々と独立した。

タイの首相プラモードは新聞に「日本のお陰でアジア諸国は全て独立した。日本というお母さんは難産して母体を損なったが産まれた子供はすくすくと育っている」と書いている。日本は戦争には負けたが、アジアの植民地の数百年に及ぶ独立という悲願を叶える基礎を提供したという大善行をしたのだという満足感と前記のプラモード首相の日本に対する感謝の言葉を聞くと大東亜戦争で戦士した靖国神社にねむる将兵も犬死(いぬじに)ではなかったと満足していることだろう。又、現在の日本人にとっても大きな誇りであり大きな慰めである。

日本は十六世紀から続いた西欧列国による植民地時代を終焉させるという世界史にその名を刻む大転換を成し遂げる原動力となったのである。戦後から現在まで、日本と東南アジア諸国とには友好関係が続いているが、これは当然なことながら明治時代以来の日本の東南アジア諸国に対する同情や独立支援の反映である。

他方、日本軍には勝ったが植民地を失った米英蘭等は日本を恨んだことだろう。その隠然たる恨みがマッカーサー元帥をして戦争放棄の押し付け日本国憲法の作成となり、又東京裁判の戦犯処刑の形で報復されたのである。以上は「アジアに生きる大東亜戦争」展転社出版等を参考にして書いた。

大東亜戦争は日本軍の野心によるものではなかった。

# 自立が出発点

自立することは健康な人間としては当然のことである。私が子供の頃は自立は自明なこととして社会に受け入れられていた。貧乏人は貧乏人らしく生活をしていた。戦後、共産党や朝日新聞などが貧富の差は不公正ということを言い立てて、人々は貧乏なのは国家や社会がおかしいからだと考えだした。最近は共助とか公助とかを聞くようになった。病人とか重度の障碍者なら仕方ないが、そうではないのに共助、公助を濫用しているように思う。

米国の国論を二分しているのがオバマ大統領による公的医療保険制度の導入だが、共和党はその支持基盤であるティパーティの猛烈な撤回要求により、熾烈な政争を経験している。建国以来の独立自存の精神を保持しようとする共和党と移民の支持が高く、福祉を優先したい民主党との決着はどう付くのか興味のあるところである。私は共和党の健全な精神は支持するが貧富の格差が限界を超えている米国の場合は格差の緩和を進めることは必要と考えオバマケアには賛成する。

米国に比べ現在の日本の福祉は完全に行き過ぎである。医療費の自己負担は高所得者と低所得者を一律に扱うのは不公平というもので、高所得者は全額自己負担にするべきであり、全体を再検討しないといけない。保険だから高額所得者といえども受け取る権利があるという理屈は否定できないが国よりの褒章や感謝状の授与によって報いる方法もある。

高齢者の延命治療は直ちに廃止すべきである。余命幾ばくも無い病人の多くは延命治療を受けたいとは思っていない。皆早く楽になりたいと思っている。医者は一分一秒でも長生きさせるのが使命と言って延命治療をやる者もいるが、多数の医者はこれは間違いであることを感じているが、敢えてするのは過去の間違った教育の所為である。医療費の大幅削減と自己負担の増額を実行しないと国民性を堕落させるし国の財政は破綻することになる。

生活保護も大幅に見直すべきである。大した病気でもないのに安い家賃の公的アパートに入居し、医療費はタダというのは政府も甘すぎる。救急車で酒の飲み過ぎで尿閉になった者等の軽症患者を病院に運ぶのも止めにすべきである。

日本の福祉の行き過ぎを招来したのは選挙の票ほしさに諸々の福祉制度を立ち上げた堕落政治家とこれに賛成した堕落国民の共犯である。こうゆう「ぬるま湯社会」になったために国民の気質も他人依存を強め、弱音を吐かない強健な精神を失くしてしまった人が多くなったのは日本民族として実に嘆かわしい限りだ。

しかし、少数派ながら独立自存の健全な精神を保持している人も居ない筈はなく、この人達には天が諸々の福を与えてくれるものと思う。先ず、人に依存しない独立自存の人は人相が違う。自信ありげで堂々としている。人に頼らないとなると頭を使って収入を増やすとともに無駄をしないようになる。病気にならないよう予防のために運動をして体を鍛えるので、精神も強くなり頭脳も明晰になり自信も付いてくる。心身ともに良くなるので、朗らかで社交的にもなる。又災難や不運に立ち向かう強い抵抗力も生まれてくる。その結果、不幸や不運などの原因を他人の所為にしないで自分の不徳、不勉強が原因と考えるようになる。そして、遂には自立に留まらず他人のためになることをしたいという義侠心も湧いてくる。一角（ひとかど）の人物になるには先ず自立が出発点である。

# 人との付き合い

人との付き合い方は難しい。子供の頃の付き合い方も最近はとても難しいようだが、社会に出てからの付き合い方は、長い目でみると人生に大きな影響があると思う。一般的にはさらりとした方が良いと思う。

孔子（紀元前六世紀の中国の思想家）は論語で「君子の交わりは淡きこと水の如し小人の交わりは濃きこと油の如し」と述べている。徳のある人は他人とは水のように淡白に付き合うが庶民は油のように濃厚なべったりした付き合い方をするという意味である。又「君子は和して同ぜず小人は同じて和せず」と述べている。君子は人と仲良くするが群れたりはしないが小人は群れて行動しても仲良くはしないと言う意味だ。

基本姿勢はこれでよいが、これだけではやや孤高のきらいがあり、人によっては又場合によっては水の如しでは済まないこともある。若いうちは積極的に幅広く人と交わりたいものだ。この中から友人、知人が生まれてくる。人をよく観察して善良その他の美点があると判断したら積極的にアタックして交友を深めたいものだ。人生は長いが、知己になってもらいたい程の人は多くはいない。チャンスを見逃してはならない。

企業の中でも同じ事がいえるが企業は閉鎖的集団だから、「和して同ぜず」の姿勢も必要である。誰とでも謙譲の態度で仲良くして敵を作らないことも心がけたい。仲良くすることは同じ行動を取ることではない。会議の席では自分の意見をはっきりと述べることが大切だ。意見が対立する時は角がたたないように上手に配慮するとよい。会議の場では黙り込んでもいけないし発言が過剰でもいけない。分りきった無駄な発言も意味のない発言もいけない。又、いつも何かを喋らないと気が済まない一言居士（いちごんこじ）もいけない。

一般に会話というものは簡単なようで難しい。特定の他人の陰口や悪口は慎むべきである。新聞、テレビ、読書で得た知識を長々と話す人がいるが、これは退屈である。なにも話題が無い時は時候の挨拶に庭の花や渡り鳥の様子などを付け加えてちょっと長めにしたらよい。それから、はっきり区別して対応した方がよいのは「単なるお喋り」と「ものを言う」ときの話し方である。単なるお喋りはあまり意識しないで自由に話してよいが、政治や人生観や思想などについて考えを言ったり聞いたりするときは相手の話を遮ったり強い語調で否定したり、自分の考えを断定的に主張したりしてはいけない。相手に不快感を与えことになるので、穏やかに「ものを言う」ことが肝要である。そのためには日ごろから「お喋り」であれ「ものを言う」ことであれ相手の話しを遮ったりしないで穏やかに話しができるように習慣をつけておくことが望ましい。部下や年下の人や仲の好い同輩などにかっとしてつい「馬鹿」など言うことがあるが、この場合は能天気と言ったり、そんな愚かなことをしてとか言う方が良い。私が勤務していた時は上司が威張っていたが、お前は小学卒かという上司がいた。この方が馬鹿と言うよりは良い。

サプライズな話が喜ばれるが、そんな面白い話がいつもある筈はない。サプライズな話はやたらに人に話さずに閉まっておくことだ。「秘すれば花、秘さざれば花にあらず」（能楽観世流の始祖観世観阿弥）という言葉もある。下ネタの話は親しい者同士では少しで軽くなら仕方ないが延々と露骨になると人格を疑われる。基本はやはり「君子の交わりは淡きこと水の如し」になる。

孔子と同年代の老子の言として「朋友信あり、父子親あり、夫婦別あり」が伝来している。これも味のある言葉である。友人には信用されるように交際しなさい、父と子はもう少し親しくなりなさい、夫婦はいつもにちゃ付いていないで時には凜とした態度が望ましいという意味と理解している。

人生の中で多くの善良で誠実で男気のある知己を持つ人は幸せである。しかし、これは理想かもしれない。大多数の人は学校の同窓生と交友したり職場の人と商売付き合いをしたりしているが、退職するとそこで切れてしまい孤独老人になってしまい年一回の同窓会やOB会を楽しみにしている人も多い。趣味の会に入ってもこれはと思う人は多くは居ない。凡人は多くのチャンスと会ってもこれを見過ごしてチャンスを生かしきれないことが多い。何のかんのと言っても結局自分と気が合う人に遭遇したら、「君子の交わりは淡きこと水の如し」を心に秘めて積極的に動いて交友を深めたいものだ。

## 人は何のために生きるべきか

人は目的を持って産まれてきたわけではない。人も動物であるから動物界の法則に従って産まれただけである。そして、成人すると男女は結婚し子どもを産みこれを教育して一人前の大人にすることが動物としての人間の基本的営みである。そしてその後は夫婦生活のために働き、働けない老人になったら死にたくないという本能によりただ生きているだけであるというのが人生の自然な姿であろう。

私はこの自然な姿に留まらずに「人は何のために生きるべきか」を時々考えることが良いことだと思う。ユダヤ民族やイスラム教徒やキリスト教徒の中には神の意思に沿うように生きることが目的と考える人達がいる。鳥取、島根の浄土宗系の信者の中には妙好人(みょうこうじん)といわれる人がいて、何を体験してもたとえ災難にあっても有り難いと感じる由である。全ては阿弥陀の本願の表れと理解しているので、善行をすれば弥陀の本願にかなうのは勿論のこと不幸も弥陀の本願にかなうことになる。よって、生き甲斐は弥陀の本願ということになる。以上に述べたことは人生全体が神佛の目的の下にあるという特殊な場合で宗教に熱心でない我が国では特別な事例である。

さて、私は天職即ち天から命ぜられた職という主観的職業意識について論じたい。禅宗の僧が人生の目的云々と言っていたが、この「目的」もこれに近い「生き甲斐」も含めて天職の概念に含めたい。

子どもの教育を天職と感じている教師もいるし医学等の研究者も同様である。芸術家や宗教家にもいる。絵描きが楽しくて時間を忘れて没頭している画家もいる。庭師や建築家や大工も同様であろう。人を教化するために説教している僧侶もいる。企業人ではエネルギー不足を無尽蔵な風力によって解消しょうと風力発電に夢中に取り組んでいる人、その他沢山の人達が退職前後を問わず日本の技術力や経済力を高めるために日夜頑張っている人々がいる。この人達はその仕事が寝食を忘れる位に好きであり達成感も幸福感もあり典型的な天職意識を持った人々である。

天職の意識というのはその仕事が好きでありこれに従事していると幸福感を感じるような仕事をしている場合は分りやすい。

その仕事は好きではなく、又きつい汚い危険の３Ｋだが生活のためには仕方がないのだと諦めて仕事をしている場合に、社会の強い要請のためであり他人に代わってこれをやり遂げることは人助けであるから神仏の意にもかなう尊い仕事だとその人が自覚したら自ずから達成感も沸きこれは天職だと思えるようになればそんな人は素晴らしい。意識の変革である発心（ほっしん）が必要であろう。他人の痴呆症の介護は好きではないというより嫌いであり達成感も特に感じない人でも社会の強い要請に答えているという使命感をもち自分の仕事に対する強い誇りを持ちうる人は尊い。自分の親や妻や夫の介護は人道上の使命感を感ずる場合があると思う。これも消極的な生き甲斐即ち天職と言うべきである。私は毎日早朝にウオーキングをしているが、朝の五時半に開店している理髪店があるので、そこで散髪をして重宝していたが、店主に何故こんなにはやく開店するのか質問したら勤め人の便利のためだそうだ。私は天職ですねといったら店主は嬉しげであった。
世の中は籠(かご)に乗る人担ぐ人そのまた草鞋(わらじ)を作る人といわれるように多種多様な仕事があるがその中ではキツイ、汚い、危険な人が嫌がる仕事に従事している人がいる。尊い存在である。

これに比べるとエリートである政治家は権勢欲名誉欲が強い割には本気で働いているとは思えない。公務員も国民の奉仕者であることを忘れて飲酒運転したり、高給を貰いながら非効率なマンネリな仕事をしたりで評価は高くない。

また上位の国家資格をもつ者達は独占的に仕事を保障されているにも拘らず仕事の目的を十分に理解していない者もいて評判は高くない。医者の中には患者を一分一秒でも長生きさせることが天命とでも考えている如く延命治療に励んでいる者もいる。この人達は本当に意義のある仕事をしたと思っているのだろうか。サプライズを狙って事実無根の南京大虐殺の嘘を書く朝日新聞の記者もいるがこの人は使命を理解していない。この罪は深い。その立場や使命もよく理解せずに自己満足している人達に天職意識を持ってもらうのは迷惑だ。人生は楽しむためにあると高言している者もいるが、社会や国家の存在目的も理解してない人であり何をか言わんやである。

仕事が天職と思える人、自分はこのために生まれて来たという何かを掴んだ人は幸せな人であるが、数少ない。自分の仕事に真剣に取り組み本当に相手を満足させているかを常に反省してみる必要がある。単に生活の糧をうるために手段として働いているという意識では駄目であり仕事は目的として捉えることが人の意識を高めその仕事が天職だとおもえるようになれば素晴らしい。結局夫は本業に精を出し妻は子どもをしっかり教育して成人させ家族という一隅を照らし又老親には孝行をして余力があれば他人や国家社会のために尽くす心、利他の心を持つことによって人生は充実してくるものと思う。人は何のために生きるべきかをそれぞれの立場に応じて考えてみるのも無駄なことではない。

# 読書の効用

読書は良いことだくらいに思っている人は多いと思うが、読書の人に与える影響力は計り知れないものがある。良い本を選んで読めば一生の間には読まない人に比べて大きな知的財産の階差が生じる。

私は少年の時古本屋で借りて吉川英治の宮本武蔵を読んで大きな影響を受けた。自由気儘（きまま）な怠惰（たいだ）な生活をしていた私の頭の中に武蔵の成長していく姿が刷（す）り込まれた。武蔵は野獣の如き少年であったが姫路城の天守閣に四年間閉じ込められて、差し入れられた論語等の本を読んで別人の如き青年になった。そして、修業僧のような精神生活をしながら剣の道を深化させていった。

人は本によって古今東西の偉人賢人聖人奇人に会うことができるので、こんな本を読むと自(おの)ずから感化されてしまう。私が感化された主な本は孔子の論語、奇人伝、禅語集などの仏教書、武士の伝記類である。それから経済関係の本は実用のために読んでいる。小説は記録ものが好きでフィクションは少ししか読んでない。

各界の指導者などは英字新聞や英文の原書を読む人もいて高次の知識や最新の情報を取得しているようだが、私の読むものは大衆次元の本である。それでも麻生元総理大臣の愛読書の漫画本よりはましだと思っているが、漫画本の愛読者が総理大臣になったのだから漫画も捨てたものではない。

私の場合は流し読みはしないで熟読主義であるから熟読に相応(ふさわ)しくない本は十頁位読んだら捨ててしまうので、熟読した本は頭脳への残留率は高い方だと思う。私は三十歳の時日本歴史二十二巻を月一冊ペースで寝る前布団の中で読み二年で読了したので、テレビの時代劇を見る時には非常に役に立つし時代小説とか歴史小説を読むときも背景の理解が早くて助かる。

私が人に勧めたい一つの習慣をあげれば読書の習慣だ。良い本を読めばその本がいろんな知識や知恵を教えてくれる。私はあまり好まない小説にしても仮想体験をさせてくれるので、実体験での失敗を予防できる。小説でも多数の本を読めばあらゆる仮想体験を会得するので、人間性が豊かになり世渡りも上手くなるだろう。本は楽しく読むものであり苦しむようでは困るので、人それぞれに自分の好きな方法で読書すればよい。本を選ぶときは末尾に著者の氏名や経歴が書いてあるので、先ずそれを読む。そして目次を見て内容を把握すると参考になる。表題だけでは正確には分らない。

同じ題材にしても本格的な本とこれを要約してかつ易しく読みやすくした超訳本や簡略本または漫画仕立てにした本と色々あるので自分に合うものがよかろう。しかし、中国古典の孔子や老子の本などは例えば「知る者は言わず、言う者は知らず」というように額に入れるような名言であるから直訳文を無理してでも覚えたほうが迫力があり暗記しやすいし学がありそうでよい。

ある傾向の本だけに偏るとオタクになるのでいけない。人格にも影響するのでバランスよく全方向の良い本を読むほうがよい。かく言う私も今翻(ひるがえ)ってみると子どもの教育の本を一冊も持たないことに気付いた。これでは人にバランス云々を言う資格はない。反面教師にしてもらいたい。

読書の習慣が無い人は幾つになっても遅いということはないので、漫画本からでも始めることを勧めたい。現役の人は本なんか読む時間が無いだろうから夜寝床で寝る前に読んだらよい。一日三十分でも継続したらたいしたものだ

本についてのことだが、やたらに難解であり読み続けることが困難な本は読むのを辞めるのがよい。こんな本の著者は学者に例えると四十歳前後以下の準教授クラスの自分を偉く見せようとする者か易しく書ききらない未熟者である。

一概には言えないが、分りやすく考えさせられる本が好い本と思う。例えば夏目漱石の本は好い本である。しかし、森鴎外の本は表現が難しいが考えさせられる内容でありよい本である。

読書について注意すべきは誰が書いた本でも批判的な態度で読み丸信用はしないことが大切だと思う。初心者はすぐ洗脳されてしまってそこに書いてあることが真理と思いがち

だが、本には売名者や偽善者や金儲けのために素人を騙す詐欺師が書いた本が沢山あるので、購入する時に注意が必要だが購入しても批判的に読むことが大切だと思う。本も読み慣れてくると著者の心理や性格や下心まである程度分るものもある。「文は人なり」という言葉もある。同様に手紙も発言もその人のことを明らかにしている。しかし、偽善者などの書いた本は最初から故意に嘘を書いているのでこれには騙される。政治家の書いた本は殆どが売名であるからそんな本は読むのは時間の無駄であろう。

例えば前東京都知事舛添要一の言行不一致は開いた口がふさがらない程極端なものである。何冊も正義漢が書いたような本を出版しているが、それには現在の彼本人の公私混同を訓戒したり非難するのにぴったりの文章が書いてある。大昔に書いた本でもないのにそれを忘れるとは書いたときに嘘をいったと言うことだ。政治家の書いた売名のための代表本である。

# 人権無視と濫用

人権と国益の対立の歴史は有史以来からのものであることは周知のことであるが、日本では三世紀に卑弥呼が古代中国の魏に奴隷十人を朝貢している（魏志倭人伝）。江戸時代でも農民の生活は極貧のため悲惨なものであり、米を食べるのは盆と正月位で普段は雑穀であり、野生の百足（むかで）なども食べていた。これは藩政府の六公四民という重税のためであり、更に住民が住む村落の掟による種々の負担や手数料を控除すると収入の三割そこそこしか手元には残らないからである。

明治時代では明治二十三年住友財閥の足尾銅山の鉱毒垂れ流し事件が発生している。わが国で初めての公害である。足尾銅山から渡良瀬川に鉱毒が流れ込み下流の水田の稲を枯らした。明治二十三年に当選した衆議院議員の田中正造は議院で幾度も質問しても埒（らち）が明かないので議員を辞め、方々で演説したり農民の陳情を指導したりしたが遂に明治天皇に直訴しようとして警官に逮捕されて目的を果たさなかった。明治三十六年に栃木県議会は秘密裡に流れでる鉱毒を溜める貯水池を谷中村に決め、谷中村は藤岡町に合併され谷中村は廃村になった。しかし、農民は立退かないので明治四十年政府は土地収用法を適用しこれに従わないものは逮捕すると脅したので農民は立退いたが田中正造は立退かないでそこで死亡した。

村民の反対を無視して廃村にしたり土地の買収価格は政府側の評価人に評価させせたり、そもそも衆議院と政府がだらしない。総理大臣は汚職の多い長州閥の頭目山県有朋であり、住友財閥が裏で糸を引いていたのではないかと思う。

その後昭和三十一年有明海の水俣市にあるチッソが廃液を垂れ流して水俣病患者が多数発生したがこのときも政府の対応は遅かったが、あからさまな人権無視はなかった。

人権無視で特筆すべきものはハンセン病患者対策である。ハンセン病はらい病と呼ばれ忌み嫌われ昭和六年らい予防法が成立して絶対隔離となった。米国では昭和十六年には治療薬が発見され日本でも昭和二十七年には治療薬が昭和四十年には感染防止薬が使用されるようになり感染はなくなったにも拘らず患者の隔離は続きそれから三十年を経た平成七年にハンセン予防法が廃止された。

その陰にはらい病は特異な体質の人にしか移らないし治るので隔離は不要であるとして頑迷な隔離主義の大多数の医師と戦った京都大学付属病院皮膚科助教授小笠原登の尊い存在がある。彼は密かに患者を治療して隔離されないように別の病名を書いた診断書を患者に渡していた。彼は免疫力の無い人には伝染するがプロトミン等の薬で治るので隔離は不要という信念をもっていた。

これに対し多数の人権を無視した隔離に永年尽力したとして「救らいの父」と言われた光田健輔は岸信介首相より表彰状をもらった。「救らいの父」の賞賛は小笠原登にこそ相応しい。

平成十三年には熊本地方裁判所により患者の隔離は違法という判決が出た。これに対し小泉首相は政府の非を認め控訴をしなかった。そして政府と国会の謝罪があり、昭和四十七まで続いたハンセン病の患者の裁判を裁判所ではなく診療所内で行う特別法廷で行ってきたことに対し平成二十八年四月に最高裁判所より人権無視があったと謝罪があった。ここにも国会のだらしなさと裁判所の鈍感さがある。このように解決が永く掛かった原因は医師特に国会に巣食う医者のエゴがある。

二十五年位前のテレビ放送で国立療養所「長島愛生園」の婦長が「この病院を閉鎖すると失業するので隔離の必要がないことは分っていたがそのままにしていた」と医療従事者全員の意志を代弁して正直に語っていたのが印象的であった。この問題は末端の病院で決めることではない。国会に巣食う多数の医師出身の議員と強欲で不勉強な日本医師会が結束して引き伸ばしをしたのである。医師のエゴとその他の議員の研究不足と正義感の欠如が全国にある療養所の患者を三十年間も解放させなかったのだ。現在ハンセン病の発生は年に一件有るかないか位である。

さて、話しは少し変わるが昭和三十四年に成立した売春防止法について少しふれたい。売春はわりと良い稼ぎをするので、太古より女性の一番古い職業として普及していた。自分の意志でやっている分には大して害はないが、親の借金とかその他の事情により強制されている場合は人権問題となる。欧米の批判もあり前記のとおり禁止されたが、その後はもぐりで方々で売春は行われており、これに関連した副作用や種々の問題が起きている。

最大の問題は売春が公認のころは売春婦は週に一回の性病検査を義務ずけられていたので性病をうつされる心配が少なかったが現在はその心配があり男性の性のはけ口が一般女性に向けられていて犯罪やトラブルも増えているのではないかと推測する。もぐりの売春も盛んなようであるがこれは業者の素性も分らないし料金も公認の頃より割高で不審感がある。

話しが前後するが昭和二十年の大東亜戦争終了後の現民法以前までは女性は無能力者扱いであり、権利能力の主体になれなかった。原則として財産を所有することも参政権も認められなかった。

日本に比べ世界の人種差別はいまだに続いている。シリア、北朝鮮、中国は別格としてロシアでは司法の独立も確立されていない。人権に敏感な米国でさえ後記の人種差別撤廃案の際は米国議院が猛反対して日本案に賛成できなかった。リンカーンの奴隷解放を経てキング牧師の黒人差別撤廃運動により移民と黒人差別が法制上消えたのは六十年前である。米国では健康保険制度の廃止を巡って民主共和の両党で激しい政争がつづいていたが、ようやく共和党の同意が得られて健康保険制度の継続が決まった。

さて、昭和二十年の終戦を境にして国民や国会の勢いが政府や支配層に並ぶまでになった。明治以来の家父長制度は廃止され、核家族制度となり、女性の権利はいやが上にも増して、逆に父権は衰えてその影響により、質実剛健な子供の躾(しつけ)は放棄され、人々の自由奔放な振る舞いや権利主張が多くなった。これに対し政府や地方自治体は国民の顔色を伺い主体的な判断は出来ず東北大震災の復興も、遅れた。

原子力発電所の再稼動でも国民の多くが反対するからといって遅々として進まない。電気料金が米国の三倍、韓国の二倍と高いことなど何も知らない子供や無知な老人の原発反対、これを報道する定見の無いマスコミそして優柔不断な政府のために石油輸入額は震災復興費を大きく超えるまでに膨らみ財政は益々破綻へ向かっている。

政府の借金は一千兆円を越えた。三十年後には人口が八千万人位に減少するというのにこの大借金をどの様にして返済するのか。

沖縄の普天間基地の辺野古移転も県知事の煽動により住民の反対は益々激しくなり遅々として進まない。諫早湾の開門の確定判決にも農民が反対して迷走している。

国益が個人の権利主張に負けている状態が続いている。政治家は明治の政治家や終戦後の吉田茂首相の大胆と勇気を取り戻さないと日本は何も決められない国に成ってしまう。

近年生活保護の行き過ぎが指摘されたり社会保障費の次世代への負担の繰越傾向の問題がようやく検討されようとしているがアンバランスの是正は放置されてはいけない。不公平を受ける人達の人権も守らなければならない。

最近親が子を苛める事件が時々報道されているが、その都度児童相談所の積極性の無さを感じる。助けを求めることもできない幼児の苛(いじ)めは何としても防がなければならない。入室を拒まれてすごすご帰った児童相談所の職員の使命感の無さはどうしたことか。警察官の立会いを求めて入室すればよいではないか。法律的には出来ないというだろうがそれは逃げ口上である。幼児の命が懸かっているのに法律もクソもあるか。

政府の国益回復のための一層の奮起を期待したい。

時代を遡り世界に目を転じると、第一次大戦（大正三―七年）後のパリ講話会議では日本が提案した画期的な人種差別撤廃案（白人の非白人に対する各国内の人種差別撤廃案）は十一票の過半数の賛成を得たが米英他三票の反対により否決されたが、大東亜戦争（昭和十六～二十年）の副次的作用である植民地の独立運動の支援により、アジアの植民地各国が独立するという異次元の大成果を挙げた。そして、日本は敗戦により領土の半分弱（韓国、台湾、樺太の半分、遼東半島、南洋諸島）を失なうという大犠牲を払ったが、欧米との人権獲得の闘争では歴史的な大勝利を博したのである。

因みに、同じ敗戦国である三国同盟のドイツやイタリアには日本の名を世界史にとどめた人権闘争の大勝利のような貢献はない。

# メディアの罪悪

日露戦争（明治三十七〜三十八年）当時、戦争に反対した万朝報という新聞もあったが、売り上げが悪く、戦争に協力している新聞は売り上げが伸びるので、万朝報も主義を捨てて戦争協力に変身した。満州事変（昭和六年）前までは朝日新聞でさえ反軍的言論を主張していたが満州事変が勃発したら日露戦争当時の教訓に従い戦争協力に変身した。主義よりも営業を重視したためである。メディアもメシを喰っていかなくてはならない。所詮メディアはこんなものであろう。

それでも主義を曲げなかった信濃毎日新聞（桐生悠々）や福岡日日新聞（菊竹六鼓）もあり、中央公論などの総合雑誌や東洋経済新報（石橋湛山）も反軍的であった。

しかし、軍部は出版に対する種々の規制を設けたり紙の配給を統制したりして反軍的メディアには戦況の資料を渡さないという嫌がらせもした。

支那事変（昭和十二年）頃から新聞社は戦争の宣伝機関の如き立場となり国民を大いに煽（あお）った。中国の戦地に行き戦況報告もした。菊池寛などの文士も勢ぞろいして戦地にでかけて戦況の報告をして軍に協力した。ジャーナリズムはついに消滅した。当時の国民には国民は国家の政策を知る権利を持っているとかメディアがそれを報道すべきだとかいう考えはなかった。

昭和二十年八月の敗戦により日本の価値観は大転換した。メディアもあれだけ戦争を煽っておきながら手の平を返す行動をとった。GHQ（占領軍最高司令部）は日本が二度と戦争が出来ないようにするため日本人の気概を失くさせ卑屈にし日本を弱体化するように仕向けた。そのため戦時中に弾圧されていた共産党や左派勢力の復活、反日的思想家や言論人の温存を認めたので、彼らが好き勝手に日本国や国民を卑（いや）しめ、蔑（さげす）み、見下す発言を展開したので、新聞、雑誌、テレビ等のメディアも軽率にもその論調に同化するような傾向になった。

「日韓併合は韓国にも責任がある」（藤尾文相）、「南京大虐殺はでっちあげである」（永野法相）、「植民地時代に日本は韓国に良いこともした」（江藤総務長官）など歴史的事実を述べたのにもかかわらず、メディアは辞任が当然として中国、韓国の日本への非難、威嚇（いかく）に同調した。朝日新聞は南京大虐殺と韓国の従軍慰安婦問題を事実として報道し、前者については自ら誤りを認め後日撤回したが、後者は歴史学者秦郁彦氏の実地調査により事実無根であることが証明されたが、韓国では日本攻撃のため米国や韓国の日本大使館前に慰安婦像を建てて嫌がらせをしている。

さて、現在は反日日本人勢力は昔の勢いはないが、益々増長しているのが中国と韓国である。日本国民の大多数は反日的発言を信用してはいないが、一部のメディアと中国、韓国の恫喝（どうかつ）に弱い政府や政治家は謝罪を繰り返している。村山富市首相の謝罪と河野洋平官房長官の河野談話は相手国を益々増長させることとなった。最近は安倍信三総理大臣や官房長官がかなり良く対応しているので、一昔前のように日本は萎縮してはいない。

以下に昭和二十年の敗戦後の反日的日本人の頭目を列挙する。法政大学長大内兵衛、東大教授丸山眞男、最高裁長官横田喜三郎、九大教授社会主義者向坂逸郎、小説家大江健三郎などである。この連中が立場を利用して反日分子を増殖した罪は重い。この中で最も偽善的且つ太鼓もち的な者は最高裁判所長官までなった横田喜三郎である。GHQのご機嫌をとるために戦犯を裁く東京裁判が正しいことを主張した。詳細は避けるがいずれ歴史が裁いてくれるだろう。

この連中に共通していることは旧軍部にたいする憎悪であり、断固として軍部の横暴に立ち向かってこれを批判する勇気はなく下司（げす）の後講釈（あとこうしゃく）をする口舌（こうぜつ）の徒（と）であることである。当時軍部を批判した者の代表は東洋経済新報の石橋湛山（たんざん）〔終戦後三十六代首相になる〕であり真正面から軍部を容赦なく批判した勇気ある人である。病気のためたった六十日弱で首相を辞任したことは惜しまれる。

さて、以上は過去の政治に対するメディアの態度を述べたが、ここからは現在のNHKのテレビとラジオの放送について述べたい。NHKは一般に人気がいまいちである。何故人気が高くないのか。流石はNHKだという良い番組は沢山あるが、半分近くが退屈な番組や教育的配慮を欠いたものや不道徳的番組があるから受信料を払うのは癪にさわるのだ。退屈なものを挙げるとニュース価値のないニュースを朝昼晩何回も棒読みしたり、気象予報士が冗長に説明したり、「ためしてガッテン」は司会の男女の冗談が多すぎて肝心の本題がよく分らないで終わることなどである。番組の偏りがあり、スポーツ番組特に野球が異常に多いこととプロスポーツマンの収入を報道することは道徳的に良くない。子どもにはスポーツの良さと楽しさを教えればよく収入を教える必要はないばかりか有害である。米国から輸入された野球とゴルフについて収入や賞金を放送している。米国の真似である。

日本経済新聞は金に関する記事が多いがプロスポーツマン等の高額所得者の収入を記事にしたものは見たことが無い。

この新聞社は英国のフィナンシャルタイムを買収してその記事をのせるので記事が充実した。NHKも外国のテレビ会社と連携してニュースを充実させたら如何。

NHKには新聞社のデスクにあたるポストがないのだろう。記者が記事を書いてもデスクの方針に合わなければ記事にはならない。有っても国民を導いていこうとする深い考えを持った人がポストに座っていないのだろう。NHKには一本筋が通っていない感じがする。日本国民の人間性は明治を頂点に下がり続け七十八年前の敗戦より以降は数段階下落して現在は正義とか義侠とかは論外として損得が全ての選択基準になってしまう程幼稚で利己的になってしまった。

NHKのテレビの影響力は政府よりも学校よりも神社仏閣よりも親よりも民間テレビ局よりも大きく日本一であり、それだけNHKの方針は日本人に対し生殺与奪の権限を持っていると言っても過言ではないと思う。NHKの猛反省を期待したい。

民間にも面白くて有意義な番組もあるが馬鹿げた宣伝が長いので頭が混乱して落ち着かない。NHKは受信料を徴収していることでもあり前記の如く国民の人間性に圧倒的な影響を及ぼしているのだからその責任を十分に自覚し民間テレビとは一線を画して上品で凛とした教育的に有意義な番組を放送してもらいたい。それとアナウンサーはラフな服装は男女ともだらけていけない。NHKよ自分の責任を自覚せよ。

# 傲慢は許されない

江戸時代は士農工商の身分制度がありその中で支配者の武士階級は五％であり残り九十五％は農民等であった。身分の上下の秩序は厳格で武士は能力がなくても威張っていた。非番の者は働かなくても定まった扶持があるので遊んで暮らし庶民に対して傲慢であった。心ある武士熊本藩士横井小楠（しょうなん）や米沢藩主上杉鷹山（ようざん）などは武士は誰のお陰でめしを喰っているのか自覚せよという趣旨のことを言っていたが、こんな思想は普及してはいない。

さて、時代は変わるが現代でも武士が威張っていたのと同じ現象が存在しているような気がする。一流企業の従業員は全企業労働者の五％といわれる。九十五％のその他の労働者は恵まれない労働条件のもとで働いている。中には危険、汚い、キツイ仕事も多いと思うが妻子を養うために必死で働いている。一流企業や公務員やこれに準ずる者は自分の恵まれた立場をよく自覚して、恵まれない労働者に対し謙譲と惻隠の心をもって接しているだろうか。時々、同和や3Kの人達の悪口を言う人がいるが、好き好んでその立場にいるわけではなく生活のために頑張っているのであり、人の嫌がる仕事をしてくれていると思うと、むしろ尊いと思う。公務員はじめ恵まれた労働者は自己の仕事の優位性や学歴等を誇り、派遣社員や下請け企業の労働者に冷淡で傲慢な仕打ちをして平然としているのではないか。いわゆる「日本産業の二重構造」もそんな心理が一因ではないだろうか。

傲慢と差別の権化東大教授丸山眞男は東京裁判の進行中にこれみよがしに日本の中間階級を東京大学その他極く一部の国立大学卒の「本来のインテリ」とその他の大学卒などを「擬似インテリ」に分け後者は戦中にファシズム運動の担い手であったと決め付け軽蔑し嘲笑した。許されざる独断と反日的言動である。

仏教の禅宗に「上山の道はこれ下山の道」という教えがある。優秀な青年は向上心が強くよく勉強をするが、自分より下の者には冷淡で傲慢であることが往々にしてある。人間が本当に完成するには向上心だけでは十分ではなく下山の道即ち向下心もなければならない。

下山の道とは昔は乞食の中に入り同じ生活をするとか徹底した業をする者もいたが、現代では能力の劣っている者や貧乏人や不具者を支援したり惻隠（そくいん）の情をもって接することである。向上心は知性を伸ばすが向下心は人情を育むのでバランスのとれた人間をつくる。

従って、教育者は若者に向上心ばかり説かなくて向下心も説くことが必要不可欠である。公務員や一流企業のホワイトカラーは昔で言えば武士階級に該当するので、仕事では格下の人達即ち子会社や下請けの人達、派遣社員の人達に謙譲の心と惻隠（そくいん）の心をもって接するように努めてもらいたい。社会のなかでは工員、職人、建設などの労働者達や浮浪者達を蔑視してはいけない。これは表面だけの問題ではなく心の次元で実行することである。

明治末頃、賀川豊彦というキリスト教社会運動家は神戸のスラム街に住んで伝道と貧者の救済に没頭した様子を「死線を越えて」に書いている。私はこれを少年の時に読んで好奇心とともに感服したのは覚えているが、向下心は持てなかった。向下心は精神年齢が高くならないと持てないものであり、向下心を持っている人は精神年齢が高く人情もある人ということになる。

洋の東西を問わず傲慢は最も許されざる態度である。傲慢な代議士豊田由布子は落選し不倫した代議士山尾志桜子は当選したので、川柳一句　不倫より傲慢厳し民の風

# 知足

知足ということは仏教や中国の道教の教えである。世界四大聖人で仏教の始祖インドの釈迦が亡くなるときの最後の説法で「八大人覚」ということを説いた。大人（修業者）が自覚すべき八つの項目という意味でありこの中に知足がある。知足即ち足るを知るとは既に得たものでもこれを受ける分限を知れということである。

中国宋代の仏果禅師は「太湖の水は多しといえどもわが分は限れり、永く児孫に留与して徳をのこさん」と言って太湖の水を節約して使ったという。質素倹約の道徳律と殆ど同じだが自分のために倹約するのではなく他人のためにするという陰徳の要素があるので趣旨が違う。

銭湯では不必要にお湯を流している者がいるがこれは知足の心を持たないからだ。バイキング料理では沢山の色んな料理を皿にとる人がいるが、食べきれず皿に残す人もいる。私は貧しい時代に生れ育ったので若い時から知足に似た心を持っていたようだ。資源の無駄遣いも贅沢も嫌いである。

昔の人には知足型の人が多かった。例えば経団連会長の石坂泰三、同会長の土光俊夫、パナソニックの松下幸之助、ホンダの本田宗一郎、政治家田中角栄などは食べ物は質素であったようだ。

昔は物を粗末にせずに大切にした。最近「もったいない」という言葉が流行りだしたのはよいことだ。欲望はあっても現状のままで満足するのも知足である。知足の精神が茶道に入って、四畳半の小さくて粗末な茶室が普及した。松平不味（ふまい）（松江藩主で茶人）は「茶道の本意は知足を本（もと）とす。足ることを知れば茶を立てて不足こそ楽しみとなれ」と述べている。

中国古代の老子は釈迦とは異なる処世哲学の面から知足について述べている。「足るを知れば辱（はずかし）められず、止まるを知れば危うからず」また、「禍は足るを知らざるよりも大なるはなし」と。満足を知らない者は屈辱(くつじょく)を受ける。限りなく前進する者は危ない目に会う。足ることと止まることを知れば人間は安泰というわけだ。最大の災厄は足ることを知らぬ心に起因しているということだ。

足るを知るとはあるがままの現実に常に満足することだという。人間の欲望には際限がない。そんな欲望に引きずられて突っ走ればいずれは足を踏み外すことになる。これが老子の哲学である。強欲とは恐ろしいもので四十年位前のバブルの崩壊の際に不動産や株で破滅した人達が沢山いた。

程ほどの欲はないと個人も国家も発展はないが、猪突猛進はいけない。反面教師は織田信長だ。安芸国の安国寺の僧恵慧(えけい)は信長はいずれ高転びすると予言したがそのとおりになった。

以上で見るとおり釈迦の知足は利他的な要素を含んでおり、老子の知足は利己的な処世術である。私が実践している知足は釈迦流と老子流の両方である。知足とは節約とも違う。諦めることとも違う。何が起きても弥陀の本願として満足する妙好人(みょうこうじん)とも違う。前進することは大いに結構だが限度を知り、できれば他人のためにも残すということだ。「足ることを知る者は身貧しけれども心富む、得ることを貪（むさぼ）る者は身富めども心貧し」

知足は孔子の論語の八徳の仁義礼知忠信孝悌とは次元の違う徳目である。八徳を全て備えていても知足を持たなければ八徳が色褪せてしまうくらいに大切な徳目であるので、強いて言えば仁に含まれると思う。

知足という徳の反対概念に含まれるものは強欲、見栄、名誉欲、競争心、自慢、無駄遣いなどであるが、これらの悪徳はさらに他の悪徳とむすびつき社会を益々下品で生きにくい状態にする。私がみるところでは日本ではこれらの悪徳を持っている個人はあまり多くはない。従ってこれらの悪徳を持つ人は他人に直ぐ分るので注意が必要であるが、たとえ外見で知足の振りをしても悪徳はボロをだすので外見ではなく心の次元で実行することが肝要である。

個人でなく団体特に地方公共団体に見栄や無駄使いなどが目立つものが多い。四十年位前には昔建てた市役所や役場が沢山残っており、とても好感をもったものだ。公僕である町長達が古い建物で我慢して頑張っていると思った。

ところが、その後建替えが進み立派すぎる庁舎が続々と誕生した。現在福岡県下では大牟田市の庁舎が古いものの代表であるがこれも建替えが決定した由である。この古い庁舎は昔の市人口二十六万人に相応しく堂々として風格のあるものであり、現在の市人口十万人には不足はないので、建替えには住民の反対が相当あったらしい。私も立替には反対だ。北九州市の門司駅も古いが補修して、他の古い建物とともに観光資源になり多数の観光客を集めている。大牟田市では補修費が高くつくというが、補修の程度を最低限にして少々不便でも不便の中で仕事するのも味なものではないか。

知足もこだわりと同様にあらゆることにこれを強調するのは間違いであり、人のためになることや人が喜ぶことには知足のブレーキを緩めるのがよい。忌むべきは自己のための悪徳であり特に見苦しいのは強欲である。足ることを知って心楽しく生きたいものだ。

# 人生の塵は振り払おう

人は成長するにつれて純粋さを失くすとともに興味の対象も多様化してくる。個性の発達ともいえる。若いうちは興味の対象や行動の方向がおおむねバランスがとれているが、年を重ねるうちに色々な制約や誘惑により徐徐にバランスを欠くようになり、段々高じて偏(かたよ)った、拘(こだわ)った、囚(とら)われた人になり塵(ちり)やゴミが溜まってくるようになる。変人、奇人と言われる人がこれらの典型例である。

名人とか奇人とか聖人といわれるくらいの人は何といわれようが、自分の生き方を貫くことが天命だと思っている。変人、奇人のような希な人はこの際は棚に上げよう。

塵やゴミは目に見えるように貯まる前に時々掃除することが必要であるが、これは簡単にはできない。サラリーマンであれば退職して次の永い余生の出発に際し今までの塵や垢は掃除したほうがよい。

変人臭い人や少し変わり者の段階にある人なら本人が強く覚悟すれば人生の塵は振り払うことができると思う。塵とはどんなものだろう。癖は塵ではないが職業臭は塵である。上目線のもの言い、自分勝手な話し方、大声高笑い、馴れ馴れしい態度、落ち着かない態度、会話内容の下品さ、笑顔のない顔、歯磨き不足の歯、服装の乱れ、常識の欠如、短気、利己的発言、等など。他人、妻や友人の意見も聞いてみると自分では判らない特徴がわかるかも知れない。又、新聞のどの分野が好きかを考える。どんな傾向の本が好きかを考える。又、自分の長所と短所を考えてみる。利己的か、利他的か、一分の侠気はあるか、一途か、曖昧か、几帳面か、だらしないか、まだまだ沢山の長所や短所がある。性格は努力すれば長年の間に少しずつ変わるし、思想と心は直ぐ変わる。利己的な人が利他的になることは十分可能だ。長年貯まった塵の掃除だから謙虚な気持ちで辛抱強く努力するほかない。

さて、話の趣旨が変わるが、人間力という言葉がある。これは体力、精神力、知力、財力、徳力、社交力等の総合力であると思う。退職は第三の人生の始まりであるから、「人生の塵は振り払おう」という消極的な考えは取らず、人生百年時代を目指して、ウオーキングをしたり体操会に参加したり、読書をして知力を高めたり仏教や論語を学んで精神年齢を高めボランティアを実践したり、社交力や趣味を磨いて人脈を広げたりと余生の質を高めることを行なう方が積極的で楽しくないだろうか。老後は時間は充分にあるので、株の勉強をして財力を高めることも可能である。人間力を高めれば人生の塵も自然に振り払うことにもなり、人間の魅力も増し、まさに一挙両得である。

プロフィール
## 高瀬 こうちょう

昭和８年７月27日 福岡市生まれ。
東京で住宅金融公庫他に20年勤務し、
その後不動産鑑定事務所を福岡市に設立。
30年間不動産鑑定を行う一方、福岡地方
裁判所の調停委員を14年務めた。
福岡市早良区在住

【著書】

『管見随想録』（2012）

管見随想録　中巻
性格は変わる
ISBN978-4-434-33648-5　C0095

発行日　2024年３月 20日　初版 第１刷

著　者　　高 瀬　こうちょう
発行者　　東　　保 司

発 行 所
とうかしょぼう
櫂 歌 書 房
〒811-1365　福岡市南区皿山４丁目14- 2
TEL 092-511-8111　FAX 092-511-6641
E-mail:e@touka.com　http://www.touka.com

発売元 星雲社（共同出版社・流通責任出版社）